「やっ……何で、こんなとこで……」
「っぁ……ん……」
ぴくりと肌が震えて、甘い声が唇からこぼれた。
尖ってきたそれに舌を絡め、口の中で転がしていると、
せつなげに郁海は鼻に掛かった息を吐く。
身勝手な爪あと
MIGATTENA TSUMEATO
JN285744

身勝手な爪あと

きたざわ尋子

12519

角川ルビー文庫

目次

イラスト／佐々《さつさ》　成美《なるみ》

1

土曜日の終礼が終わると、佐竹郁海《さたけいくみ》は溜《た》まりに溜まった不満を背中いっぱいに背負って帰途《きと》についた。

クラスのあちこちから飛んでくる声を振《ふ》り切り、帰りに何か食べようというるさいやつの誘《さそ》いを無視して、口をぎゅっと引き結んだまま仏頂面《ぶっちょうづら》で背中を向けたのだった。

月曜日から少しずつ蓄積《ちくせき》されてきた不満と理不尽《りふじん》さのせいで、週末に近づくにつれて郁海の機嫌《きげん》は悪くなった。おかげでずっとしかめ面で、可愛《かわい》い顔が台無《だいな》し……とクラスメイトたちからは冗談《じょうだん》めかして言われた。

長いまつげに縁取《ふちど》られた大きな目も、今は少しつり上がり気味に見える。小さな顔は顎《あご》のラインが繊細《せんさい》で、そのくせ頬《ほお》は柔《やわ》らかく象牙《ぞうげ》みたいにすべすべだ。癖《くせ》のない細い髪《かみ》は黒くてさらさらとして、それが余計に色の白さを際立《きわだ》たせていた。

苛立《いらだ》ちを露《あら》わにしながら闊歩《かっぽ》する様に、周囲が容姿とのギャップを感じていることなど郁海にはどうでもいいことだ。

徒歩と電車で三十分ほどの移動をする間にも、機嫌は直ることがなかった。

赤坂《あかさか》にある二LDKのマンションに帰って玄関《げんかん》の扉《とびら》を開けると、紳士《しんし》物《もの》の革靴《かわぐつ》が一足置いてあった。

「ただいま……っ」

小柄《こがら》な郁海のものより遥《はる》かに大きなそれを見て、ささくれた気分が少しだけ収まった。

ほんの少し前まで、誰《だれ》かが帰宅した自分を迎《むか》えてくれる状況《じょうきょう》なんて考えてもいなかったのに、今はそれを当然のように期待している。

一人暮らしをしていた三年と数ヶ月。その間、ずっと郁海を出迎《でむか》えてくれる者はいなくて、それでも帰ってきたときには必ず「ただいま」と呟《つぶや》いていた。寂《さび》しくなかったと言えば嘘《うそ》になる。けれども当時はそれを認めたくなかった。

もしそうしてしまったら、郁海はこのマンションで一人で暮らしていくことが出来なくなっていただろう。それがわかっていたから認めるわけにはいかなかったのだ。

けれども今は違《ちが》う。

スリッパも履《は》かずに廊下《ろうか》を歩き、突《つ》き当たりのリビングに足を踏《ふ》み入れた。

駅売りのスポーツ新聞を畳《たた》みながら、ソファから視線を向けてくる男は実は隣《となり》の住人である。つい一ヶ月ほど前に引っ越《こ》してきた郁海の「特別な知り合い」だ。ほとんど同じ間取りの、けっして安くもない部屋に住んでいるのに、こちらに入り浸《びた》って着替《きが》えくらいにしか自分の部屋に戻《もど》らない男だ。寝《ね》るのもこちらだし、朝になって郁海を学校へ送り出してから戻って着替え、仕事へ行き、帰宅してすぐにまたこちらへ来る……という生活なのだ。

「おかえり」

加賀見英志《かがみえいし》は郁海の不機嫌そうな顔を見ても、まったく動じる様子もなかった。今週の頭からずっとそうなので、もう何とも思わないらしい。

いつ見ても、何をしていても絵になる男だった。端整《たんせい》で彫《ほ》りが深い顔は、横を向いたときのラインがとても綺麗《きれい》で日本人離《ばな》れしているが、少しもくどいところがない。むしろ涼《すず》しげですらあるのは、彼の目の印象によるところが大きいのだろう。おまけにやたらと背が高くて体格もしっかりとしていて、郁海が立ったまま近くにいると首が疲《つか》れるくらいだ。知的な感じはするが、どこか退廃的《たいはいてき》でもあって、イメージが一つに纏《まと》まらない男だった。

こう見えて、彼は弁護士である。果たして弁護士という職業がイメージに合う男かといえば、それは甚《はなは》だ疑問だった。

郁海の様子を見て、かすかに彼は笑《え》みを浮《う》かべた。

「どうした？　今日はまた一段とご機嫌ななめのようだが……学校の友達にいじめられでもしたのかな」

「それどころか、気持ち悪いくらい親切ですよ」

そもそも友達というわけでもない。

加賀見に呼ばれるまま彼の隣に座り、郁海は学校指定の鞄《かばん》を空いたスペースに置いた。制服の上に着ていたコートも、ソファの背に掛《か》ける。

三学期になって今の学校に編入したときから、郁海は驚《おどろ》かされっ放しだった。いくつか候補にした進学校の中で、このマンションから最も通いやすいこともあって選んだわけだが、そこは郁海の思い描《えが》いていた進学校とはまるで違っていた。

想像していた進学校というのは、生徒たちがみな受験のために目標へと向かって必死に勉強し、はめを外したりすることもなくギスギスとして学校生活を送っているものだった。いいとか悪いとかいう問題はさておき、とにかくイメージはそうだった。そして郁海はそれを期待していた。

しかし私立斉成《さいせい》学院高等学校は違った。郁海は初日の朝に担任と教壇《きょうだん》に立った瞬間《しゅんかん》、大歓声《だいかんせい》と共に迎えられたのだ。

一日過ごしてわかったことは、目を血走らせて勉強している生徒などほとんどおらず、妙《みょう》に弾《はじ》けた雰囲気《ふんいき》が漂《ただよ》っているということだった。今まで通っていた高校のほうがよほどおとなしかった。

郁海の入ったクラスは特別にそうらしい。そのくせクラス平均は学年トップだというからまったく解《げ》せない。おまけに郁海のことを担任から任されたクラス委員は、誰よりも脳天気そうでいい加減そうなのに、学年トップの成績だという。

二週目が終わった今も、不可解で理不尽で、どうしても納得《なっとく》できなかった。

「学食の席は取っておいてくれるし、わかんないことあったら寄ってたかって教えてくれるんです」

もちろんそれだけではなく、郁海が戸惑《とまど》うくらいに周囲は編入生を構ってくる。その筆頭が件《くだん》の委員長だった。彼は担任から郁海のことを「よろしく」されているわけだが、嫌々《いやいや》やっているふうもないし、そもそも使命感だとか責任感だとかいう言葉とは無縁《むえん》に見えた。いつ見ても楽しそうなのだ。

「いいことじゃないか」

「でも、あんな呑気《のんき》なのってどうかって思います。今日だって、帰りに前島《まえじま》……あ、クラス委員なんですけど、何か食べていこうとかカラオケ行こうとか言うんですよ」

これが図書館で勉強しよう……だったら郁海だって納得した。もしかしたら断らなかったかもしれない。勉強が好きというわけではないが、進学校だと身構えて入った郁海は、イメージを裏切られて少し意地になっているところもあるのだ。

「もっと真面目《まじめ》なとこかと思ったのに……」

明るく自由な校風、ということはどこかに書いてあったような気がしたが、郁海は別に気にも留めていなかった。学校のアピールポイントとしてはありきたりだし、そもそも校風など条件として頭にはなかったのだ。

郁海が気にしていたのは、ひたすら各大学への合格率だった。

「レベルは文句なく高いんだろう？」

「そうですけど……」

「だったら希望通りじゃないか」

「それもそうなんですけどっ」

学校を移った理由は学力レベルなのだから、まったく加賀見の言う通りだ。わかっているが胸の内はすっきりとしない。

だいたい加賀見はいつだってこうだ。郁海の不満などは取るに足りないと思っているらしく、さらりと受け流してしまう。

埒《らち》もない愚痴《ぐち》だということくらい郁海も自覚しているのだが、まるで加賀見が親身になってくれていないみたいで、それでまた別の不満を抱《かか》えてしまうのだ。もちろんそれは郁海の中で大きなものではないし、もっと強い満足を加賀見は与《あた》えてくれている。

加賀見のような大人が郁海を好きだと言ってくれて、こうして大事にしてくれるだけで、本当は余るほど十分だった。高校生のこんな悩《なや》みなど、ささやかすぎて付き合っていられないのかもしれない。

いつの間にか贅沢《ぜいたく》になっている。

そばにいてくれるのが当たり前になって、それだけで満たされなくなってきている自分を強く感じた。

考えの中に入り込んでいた郁海を引き戻すように、急に加賀見が口を開いた。

「ギスギスしてるよりいいんじゃないか？　それで結果が出るんだから言うことないな」

「……出れば、そうですけど」

「斉成といえば、東大合格率が高い割に生徒が弾けてることで有名だからね」

「そんなこと知らなかった……」

郁海は三年前に東京にやってきたのだ。それまでは仙台《せんだい》の新興住宅街で、両親と信じていた佐竹夫妻と暮らしていた。東京の進学校の噂《うわさ》など当然知らないし、こちらに来てからも、通わされた学校はのんびりとしたエスカレーター式のところで、進学校のことなど話題にも上らなかった。

「文化祭なんかもすごいぞ」

「詳《くわ》しいですね」

「まぁね」

加賀見は笑みを浮かべて頷《うなず》いた。

「行ったことあるんですか？」

「文化祭か？　いや、ないよ。そうだという話はよく聞いたけどね」

知り合いでも通っていたのだろうと納得したものの、郁海が感じている学校への戸惑いが払拭《ふっしょく》されたわけではなかった。

「ま、よく遊びよく学ぶ……ってやつだ。君も倣《なら》ってみたらどうかな」

「そこまで頭がよくないんですっ」

よく遊んでしまったら、間違《まちが》いなくよく学べなくなるはずだ。それでは将来的にとても不安だった。

実際のところ、自分でもどうしてこんなに焦《あせ》っているのかがわからないのだ。そんなにガツガツしなくても何とか生きてはいけるのだろうし、いい大学に入っていい会社に入ったとしても、今は何がどうなるかわからないご時世だ。

成績がいい者より、回転がよくて本当の意味で頭のいい、あるいは要領のいい人間が勝つというのも承知している。

だがどちらでもない郁海としては、今はお定まりのコースしか考えられなかった。

「まぁそうカリカリしなさんな」

ひょいと身体《からだ》を膝《ひざ》に引き上げられて、まるで横向きに抱《だ》っこされているような恰好《かっこう》になった。

思わず頬《ほお》が熱くなる。加賀見はこういうことがとても好きなのかよくやられるのだが、高校生の身としては恥《は》ずかしくてたまらなかった。だが無理に下りようとしても捕《つか》まえられてしまうのはわかりきっているので、必死で羞恥《しゅうち》と戦った。

だがブレザーのボタンに指をかけられて、思わずぎょっと目を剝《む》いた。

「ちょっ……」

「皺《しわ》になるから脱《ぬ》がせようと思っただけだよ」

笑みを含《ふく》んだ声がして、楽しげに細められた目が見つめてくる。

真偽《しんぎ》のほどはわかったものじゃなかった。ブレザーの心配をしてくれたのは本当かもしれないが、加賀見だったら実はその気だったというのも十分にありうる。一番確率が高そうなのは、郁海の反応を見て楽しんでいる……ということだ。

年の離《はな》れた郁海の恋人《こいびと》は、とかくそうやってからかおうとする癖《くせ》があった。

「もちろん期待されてるなら、応《こた》えてみせるが……？」

「してません……っ」

すっと脇腹《わきばら》を撫《な》でられて、思わず上擦《うわず》った声になってしまった。以前だったらくすぐったいだけのはずなのに、加賀見にされるとそれだけじゃないから戸惑ってしまう。

嫌《いや》ではないけれども、ときと場所は考えてほしかった。夕方には再び郁海は出かけなくてはいけないのだ。

笑いながら加賀見は頬の感触《かんしょく》を楽しむように唇《くちびる》を寄せてきた。

「出かける前にしてもいいぞ。時間はあるし」

迎《むか》えは五時半で、まだ四時間以上ある。けれども郁海は慌《あわ》ててかぶりを振《ふ》って、今はだめだと訴《うった》えた。

これから会うのは父親なのだ。加賀見に抱かれてすぐに向かい合って父親と食事というのは、あまりしたくないことだった。

そもそも彼が自分たちの関係についてどう思っているのか、郁海はよく知らない。目の前から浚《さら》っていって、おそらく遠目とはいえキスも見ているのだから、ただ仲がいいだけとは思っていないだろうが、そのあたりについて一度も尋《たず》ねられたことはなかった。加賀見が隣《となり》に越《こ》してきて、ほとんど半同棲《どうせい》状態になっていることも、まるで知らないかのように黙《だま》っている。

郁海も一度も確認したことはない。

じっと身を硬くしている郁海に、加賀見はくすりと笑《え》みをこぼした。

「帰ってきたら、たっぷりとね」

「っ……」

耳もとで囁《ささや》かれて、あやうくまた声が出そうになった。低くて、少し甘い声で、こんなふうに囁くのはもう反則だと思う。しかも加賀見はどうやったら郁海に官能のスイッチが入るのかを心得ていて、故意にそういうことをしているのだ。

「き、着替《きが》えてきます……っ」

膝から下りようとするものの、腰《こし》に回った腕《うで》のせいで叶《かな》わなかった。ムキになって暴れるほどのことでもないから、郁海は困惑《こんわく》を見せながらも加賀見の様子を窺《うかが》っていた。

何をするわけでもなく、加賀見はじっと郁海の制服姿を眺《なが》めている。

「ちゃんと制服姿を見るのは初めてだ」

「はぁ……」

　確かに制服が届いた日にちょっと着て見せはしたものの、照れくさくてすぐに脱いでしまったし、普段《ふだん》の日は郁海のほうが早く家に戻《もど》るので、加賀見がこちらへ来る頃《ころ》には私服に着替えてしまっている。先週の土曜日は確か、帰ってきたときにちょうど加賀見は自分の部屋にいて、彼が来たときにはもう私服になってしまった後だった。

「週末でないと、なかなか時間が取れないしね」

「……でも毎日会ってるじゃないですか」

　ドアを二つ開けるだけで帰れるというのに、加賀見は引っ越してきてからずっと郁海の部屋で寝《ね》ている。ボディガードだとか何だとか言っているが、それは半分口実だろう。ダブルサイズなのをいいことに、一つしかないベッドに入ってくるのは、恋人としての行動に他《ほか》ならないのだ。

「そう、でもゆっくり過ごせるのは週末だけだ」

「だってそれは……学校あるし……」

「冬休みは、よかったな」

「あ……」

「あの……？」

思い出すだけで郁海は恥ずかしくなってしまう。

どこへ行ったわけでもなかった。郁海に帰るところはないし、実父は年末年始を一緒《いっしょ》に過ごすような間柄《あいだがら》でもない。そして加賀見も同じだった。

おかげで郁海は養父母が亡《な》くなって以来初めて、誰《だれ》かと新しい年を迎えた。

それも加賀見の腕の中でだ。いや、加賀見の身体の下でと言ったほうが正確だろう。二人で普通《ふつう》に年を越すはずだったのに、いつの間にかそういうことになっていたのだ。要するに年越《としこ》しでセックスしていたわけだ。

正月の間に一度、父親と会って食事をしたが、それ以外はもうずっと人に言えないようなことをしていた。

約二週間の冬休みは、加賀見のやりたい放題だったのだ。高校生が過ごすべき冬休みではなかった。

視線から逃《のが》れようとした郁海をまじまじと見つめ、加賀見は感心したように呟《つぶや》いた。

「可愛《かわい》くもなる制服だったんだな」

「はい？」

郁海は思わず自分の制服を見つめた。

紺《こん》のブレザーに白いシャツ、ネクタイは暗い赤で、冬だけ白いベストやVネックのセーターを着用していいことになっている。取り立てて変わったところはない制服だった。

「よく似合ってる」

「せ、制服に似合うも何もっ……」

「ないことはないと思うがね。賢《かしこ》そうに見えるな」

「……どうも」

何だか少し面白《おもしろ》くない。

それではまるで、実が伴《ともな》っていないようではないか。確かに特筆するほど賢くはないという自覚はあったが、頭が悪そうだと言われたことは今まで一度だってないし、斉成の試験にだってパスした身である。

秀才揃《しゆうさいぞろ》いの中で、自分がどの程度の位置なのかはまだわからないけれど。

郁海が黙り込んでいると、意味がわかったのか加賀見は宥《なだ》めるようにして頭を撫でてきた。

「ああ、悪かった悪かった。いかにも賢そうに……と言うべきだったね」

「それ、やめてください。別にフォローしなくてもいいし」

郁海は頭を振って、加賀見の手を嫌がった。

すんなりと大きな手が離れていく。

たった今まで恋人としての扱《あつか》いをしていたかと思えば、加賀見はこうやって子供扱いもしてくる。

背伸《せの》びをしたところで彼から見れば話にならないだろうし、現実に年齢《ねんれい》差は埋《う》まらない。わかっていても郁海は不満だった。

「着替えておいで。その間にランチの用意をしておくから」

加賀見は急に腕を緩《ゆる》めた。

「あ……はい」

言われてみると、確かに腹はすいている。郁海は頷《うなず》いて、着替えるために加賀見の膝《ひざ》から下りて部屋へと戻った。

2

約束の五時半が近くなると、郁海はどうにも落ち着かない気分になる。

相手は父親だし、たかが三時間ほどの食事なのだが、彼と二人だけで向かい合って食べるというごとに郁海はまだ慣れていないのだ。

何しろまだ両手に足りるほどしか食事をしていないのである。

実父の田中弘《たなかひろし》はついこの間まで、郁海にけっして会おうとはしなかった。生後間もなく郁海を佐竹夫妻の養子にして、彼らが事故で亡くなった後は、まるで義務だから仕方がないというようにこのマンションを与《あた》えて独りで生活させていた。その間も、一度として郁海に会うことはなかった。

田中には家庭があった。正妻が怖《こわ》いのか、あるいは彼女を刺激《しげき》するまいとしていたのか、郁海の存在をひた隠《かく》しにして三年以上も外で養っていたわけだ。まるで子供が、捨てられない猫《ねこ》か犬をどこかに隠してこっそりと飼うように。

だが郁海のことが正妻に知られ、事件が起きて、いろいろなことが変わった。郁海は加賀見というかけがえのない存在を得たし、いきなり田中は郁海を認知して、親子関係を築こうと努力し始めた。もっとも一緒に暮らすまでには至《いた》っていない。正妻をこれ以上追いつめたくないという言葉には同意しているし、今さら一緒に暮らしても……と思っている。

実際、どうにもぎこちないのだ。郁海はいまだに緊張《きんちょう》しているし、田中のほうも上手《うま》い接し方がわからないらしく、会う度《たび》にものをくれたり何か望みはないかと聞いてくるが、距離《きょり》は縮まっていない。

父親とはクールな関係のはずだったのに、最近の彼は郁海のご機嫌伺《きげんうかが》いばかりで、いっそ滑稽《こっけい》ですらあった。

こんな人だったのかと、郁海が驚《おどろ》くほどだった。

だが週に一度の時間が嫌《いや》かと言えば、けっしてそうではなかった。

そわそわしながら郁海は時計を見やる。すっかりもう身支度《みじたく》は整えて、後は電話を待つばかりだった。

「服、変じゃないですか？」

田中との食事は、いつも新しくて高い服を着ることになる。連れていってもらう店が高級だからそれにあわせるという意味だけでなく、毎回渡《わた》される服だの靴《くつ》だのを、一応は着て見せてやらねばと思うからだった。

普段着《ふだんぎ》にするのはもったいないと、郁海の感覚で思ってしまうような高そうなカシミアのセーターやコート、採寸させられてぴったりに作られたシャツや靴、名前だけはよく知っていたメーカーの時計やバッグなどで、クローゼットやチェストの中はどんどん埋《う》め尽《つ》くされていきそうだ。

「似合うよ。難を言えば、私が買ってあげた服じゃないということかな」

「はぁ……」

「自分で買った服を脱《ぬ》がすほうが楽しいからね」

意味ありげな言葉に、郁海は何と返したらいいのかわからない。

田中ほどではないが加賀見にも何度か服を買ってもらったことがある。だがまさか、それを脱がすのを楽しまれていたとは想像もしていなかった。

これから加賀見が郁海の服を買うたびに、変なことを考えてしまいそうだった。

じっと見つめていた彼は、やがて納得《なっとく》した様子で顎《あご》を引いた。

「あの人もさすがにセンスはいい。一体どこのご子息かという感じだな」

「センスは……って……」

「経営手腕《しゅわん》はともかくとして、仕事以外は駄目《だめ》な人だよ。特に対人関係がいけない。意気地《いくじ》がないと言うか、情けないと言うか……」

加賀見は淡々《たんたん》と感情を挟《はさ》まずに言った。

「それ、自分でも言ってましたよ。自覚あるみたいです。でも加賀見さんも似たようなところはあるって」

「ほう……」

意外そうに眉《まゆ》を上げた加賀見は、それからふと笑《え》みをこぼした。どうやらこちらも自覚はありそうだ。

「まったくその通りだな。だが社長のほうが駄目な男だと思うがね」

「そうも言ってました」

「よくわかっているな」

感心したふうな呟《つぶや》きは、どこか楽しげな響《ひび》きでもあった。

田中に関しては郁海も同意見だった。だいたいいきなり認知をしたのも、郁海が田中と縁《えん》を切りたいと言い出したせいだろう。おそらく妻が離婚《りこん》を言い出したら、彼はひどく慌《あわ》てるに違《ちが》いない。

幸いにしてと言うべきか、今はまだその気配もないようだ。その代わり、ひた隠しにしたがっていた郁海のことが公然の秘密になってしまったので、日本にはいたくないと言って彼女は去年からずっと帰ってこないそうである。パリを拠点《きょてん》にして、エステや買い物や観劇などに勤《いそ》しんでいるそうだ。

当然だと郁海は思っていた。一番可哀相《かわいそう》なのは、郁海なんかではなくて彼女のほうだ。

もちろん一番悪いのは田中だった。

そう確信する一方で、加賀見のことはあまりよくわかっていない。加賀見は自分のことをあまり話してくれないし、そういう気配が見えるだけに郁海もなかなか聞けないでいた。

まるで郁海を自分の領域に立ち入らせまいとしているように思えてしまう。それは気のせいだと思いたいけれど、言い切る材料もないのだった。

途切《とぎ》れた話を繋《つな》げるように、加賀見は口を開いた。

「今日は何を食べるって？」

「あ……確か、中華《ちゅうか》だって言ってたような気がしますけど」

「二人じゃテーブルも回せないな」

加賀見が笑うのを見て、ふと郁海は思いついた。

「一緒《いっしょ》に行ったら駄目ですかね？」

何も二人きりでなくてはいけないということもないだろうと思うのだ。しかし、目の前の恋《こい》人《びと》はかるくかぶりを振《ふ》った。

「社長が露骨《ろこつ》に嫌がりそうだし、私もあの人と食事をする気にはならないな」

「じゃあ、美味《おい》しかったら別のときに二人で……」

言いかけて郁海は口を噤《つぐ》んだ。

どうも加賀見は郁海との外食を嫌がるのだ。それは過去に何度かそういう話になりかけたときの反応でわかったことだった。本人は外食が嫌《きら》いだからと言っているが、それは口実だろうということもわかっている。

「そのうちね」

いつものように曖昧《あいまい》な返事をするだけで、けっして「そのうち」はないのだろう。食事に限らず、加賀見は外で郁海と会いたがらない。郁海はそのことを追及《ついきゅう》してこなかったし、今もするつもりはなかった。

尋《たず》ねて確かめるまでもなく、郁海の中で答えは予想できていたからだ。

たぶん郁海のような子供を連れているのは恥《は》ずかしいに違いない。

加賀見のような男には、もっと落ち着いた綺麗《きれい》な人のほうが絵になるし、だいたい郁海と一緒にいたら保護者と被《ひ》保護者にしか見えないだろう。

思考は電話の音に中断させられた。

液晶《えきしょう》表示には田中の名前があった。この番号だって、ついこの間初めて教えてくれたものだった。

「はい……あ、はい。すぐ行きます」

電話を切って、ベージュのコートを手にする。柔《やわ》らかく肌触《はだざわ》りのいいコートは、軽くて暖かくて、郁海が気に入っているものだった。田中がくれたものの中で、一番よく使っているものだろう。

「行ってきます」

「ああ、楽しんでおいで」

「別に……そういうものじゃないですけど……」

田中が言うから仕方なく……というポーズを取ってはみるものの、加賀見は薄《うす》く笑うだけで何も言わない。きっと郁海の気持ちなどお見通しなのだ。

「ちょっとおいで」

「はい？」

何の疑問もなく近づいていくと、いきなり手を掴《つか》まれて加賀見のほうへと引っぱられた。倒《たお》れ込んだ身体《からだ》は加賀見の腕《うで》に受け止められ、文句を言う間もなく唇《くちびる》を塞《ふさ》がれる。

触《ふ》れるだけのキスじゃなかった。下で田中が待っているというのに、お構いなしに深く舌を差し入れてくる。

「あ……っ」

舌先で歯列をなぞられて、ぞくぞくと快感が這《は》い上がってきた。

腕の中でもがいても、加賀見の膝《ひざ》の上で不自然に身体を捻《ひね》ったような体勢では上手く力も入らない。

そうこうしているうちにキスに負けて、力が入らなくなってしまった。

「は……あ……」

身体が熱くなるくらい貪《むさぼ》られて、ようやく唇が解放された。

加賀見は耳にキスをしながら、官能的な声で囁《ささや》く。

「行っておいで。続きを楽しみにしているよ」

「っ……」

郁海は恥ずかしさから逃《に》げるようにしてリビングを後にし、玄関《げんかん》を出てすぐ大きな息を吐《は》き出した。

顔が熱い。きっと赤くなっていることだろう。できるならば冷めるまで待ちたいところだが、田中が待っている以上はそうもいかない。すでに電話をもらってからずいぶんと時間が経《た》ってしまっているのだ。

急いでエントランスへ下りていき、その間にせめてもと手で顔を扇《あお》いでみた。だが効果があるとは思えなかった。

マンションの前にはいつものリムジンではなく、一台の乗用車がエンジンをかけたまま停《と》まっていた。輪が四つ並んだマークで知られるドイツ車だ。

一瞬《いっしゅん》足は止まったが、後部シートに田中の姿を認め、戸惑《とまど》いつつもそちらに向かう。ハンドルを握《にぎ》っているのは若い女性だった。

車に近づくと内側からドアが開き、田中が乗るように言ってきた。そして郁海が乗り込んでドアを閉めると同時に言った。

「遅《おそ》かったね」

「すみません……ちょっと、忘れものしちゃったんです」

「顔が赤いね」

田中は顔を覗《のぞ》き込んで、ぽつりと呟いた。

「そ……そうですか……？」

「走ってきたのかい？」

慌てて郁海は頷《うなず》いた。他に上手《うま》い言い訳など浮《う》かんでこなかった。

「ちょっと、行ったり来たりしちゃって……。あ、あの……それで……」

郁海はちらりと運転席の女性に目をやった。言葉にはしなかったが、誰《だれ》なのかという問い掛《か》けだった。

「彼女は私の秘書でね」

「はじめまして。森尾《もりお》美加《みか》です」

振り返ってにっこりと笑うその女性は二十代の半ばくらいで、顔で選んだんじゃないかと思うくらい美人だった。清楚《せいそ》な感じがして、垢抜《あかぬ》けたお嬢様《じょうさま》ふうだ。郁海が思い描《えが》くキビキビとした秘書のイメージではなかった。

「こんにちは……」

どうして今日に限って秘書が一緒なのだろうか。だいたいいつものリムジンでないのはどうしてだろうか。

疑問に思っているうちに車は動き出していた。

森尾はスーツではなく、オフホワイトのニットアンサンブルにインディゴのジーンズという出《い》で立ちであり、どう考えても秘書として相応《ふさわ》しい恰好《かっこう》ではない。一方で田中はいつものスーツ姿だった。

つまり、昨晩は森尾の家に泊《と》まり、そこから直接来たということではなかろうか。あまり下世話な想像はしたくないが、他《ほか》に考えられなかった。田中の所業を考えるとむしろ納得《なっとく》してしまう。

郁海はこっそりと溜《た》め息をついた。

愛人の家に泊まって、他の女に産ませた子供との食事に送らせるなんて、一体どういう神経をしているのだろうか。だいたい秘書とできているなんて、ありきたりすぎて笑ってしまう。顔で選んだというのもあながち間違《まちが》ってはいないのかもしれなかった。

ちらりと視線を送っても、田中は気にしたふうもなくそれを受け止める。

「何かな?」

「いえ……面食いなんだなと思って」

「うん? ああ……まぁ、そうかな。君のお母さんも綺麗な人だったよ」

「はぁ……」

そう言われてもピンと来ない。実の母親は郁海を産んですぐに亡《な》くなったらしいが、写真も見たことはないし、名前だって一度戸籍《こせき》で見ただけだ。

それにしても愛人の前で他の女の話を平気でするのもどうだろうか。

思わず森尾の顔を見やったが、彼女の表情は郁海の位置からでは見えなかった。

田中の性癖《せいへき》など承知していて、こんなことは何でもないのかもしれない。そもそも愛人が森尾一人とは限らないのだ。

正妻が怒《おこ》るのは当然だ。むしろ離婚《りこん》を言い出さないのが不思議なくらいだった。五十も過ぎたのだから少しは落ち着け、とも言いたくなる。

車はそのまま走り続け、やがて高級そうな店の前で停止した。三人で食事なのかと身構えていたのだが、森尾は郁海たちを下ろしてそのまま走り去っていった。

通されたのは個室だった。円卓《えんたく》ではなく、二人が向かい合って座って、しかもそう遠くはならないような大きさのテーブルが用意されていた。

席に落ち着くとすぐに中国茶が運ばれてきた。メニューの確認を済ませて店の人間が退室していくと、郁海はふっと息をついた。

「森尾くんが気になるかい？」

妙《みょう》に嬉《うれ》しそうに尋ねられたが、郁海はあっさりとかぶりを振《ふ》った。

「いえ、別に。ただ森尾さんて優秀《ゆうしゅう》な人なんだなと思って」

「どうしてそう思うのかな」

「だって、田中さんの秘書なんでしょう？」

郁海の感覚では、そうでなくてはおかしいと思った。どんな理由で選んだにせよ、秘書が務まっているのだから優秀なはずだ。

そう堅《かた》く信じての言葉だった。

田中はジョイフルという消費者金融《きんゆう》の社長なのだ。業界四位の大手で、テレビコマーシャルでもおなじみである。そこの社長なのだから、秘書だって優秀でなくてはいけないと郁海は思っていた。

なのに田中は意味ありげに笑うのだ。

「うん……まぁ、優秀なのかもしれないね。ただ実務はもう一人の秘書がやっているから、彼女はどちらかというと、私の環境《かんきょう》を整えるのが主な仕事かな」

「環境、ですか？」

「そう。お茶をいれてくれたり、雑務をしてくれたりね」

「はぁ……」

つまり、お飾《かざ》りなのだ。環境とか何とか言っているが、要は好みの顔を侍《はべ》らせているだけではなかろうか。

呆《あき》れて何も言えなかった。

「それより学校はどうだい？　もう慣れたかな」

運ばれてきたお茶を飲みながら田中は尋《たず》ねてきた。彼はいつも郁海と食事をするときに酒を飲まない。あまり好きではないので、必要がなければ口にはしない主義なのだという。

「あ、はい。みんな親切です。授業のレベルも高いし」

本当は慣れてなどいなかったが、悔《くや》しいから本当のことを言うつもりはなかった。田中が入学させた中高一貫教育《いっかんきょういく》の学校を嫌《いや》がって、もっと高い学力レベルを求めて編入した以上は、その選択《せんたく》が間違っていたとは思われたくない。

「加賀見も喜んでいるだろう」

「は……？」

意味が摑《つか》めなくて、郁海はまじまじと田中の顔を見つめた。

「あれの母校だろう？」

「……そ……なんですか？」

さらりと告げられた言葉に郁海は大きく目を瞠《みは》った。

頭を何かでガツンと叩《たた》かれたような気分だった。

今まで一言だってそんなことは言わなかったのだ。郁海が編入先として校名を口にしたときも、試験に挑《いど》むその朝も、受かったと報告したときも、加賀見は何も言わなかった。もちろん通い出した今もである。

衝撃《しょうげき》が去ると、ふつふつと軽い怒りが湧《わ》いてくる。

道理で妙に詳《くわ》しいわけだ。

「加賀見から聞いていなかったのかい？」

「……はい」

今さらごまかしようもなくて郁海は仕方なくそれを認めたが、どこか楽しげな田中を睨《にら》むような目になってしまった。

「どういうことだろうね」

そんなことは郁海が聞きたかった。加賀見は本当に自分のことを教えてはくれないのだ。好きになって、好きになってもらって、半同棲《どうせい》になってもう二ヶ月が経《た》っている。なのに加賀見のことを郁海はあまり知らない。郁海にとっては、恋人《こいびと》というだけでなく、家族のようなものでもあるのに。

沈黙《ちんもく》の中、料理が運ばれてくる。最初から一人分ずつの皿に盛られている形で、五種類ほどの前菜が載《の》っていた。

田中はしばらくじっと郁海を見つめていたが、二人だけになると箸《はし》を手に取りながら、さり気なく言った。

「前から聞こうと思っていたんだけどね。加賀見とは、どうなんだい？」

「どうって……」

尋ね返しながら、郁海は蒸し鶏《どり》を口に運んだ。さり気ないふうを装《よそお》ってはみたものの、動揺《どうよう》は隠《かく》し切れていないだろう。

自覚はあった。とうとう聞かれてしまったのだ。

「恋愛《れんあい》感情があるのは間違いないと思うんだよ。そうだろう?」

「……はい」

今さら否定したところで意味がないのはわかっていた。加賀見はいただいていくとか大事にするとか言いながら郁海を抱《かか》えていったわけだし、何もないは通用するまい。

田中は少し黙《だま》って、また口を開いた。

「どういう付き合いをしているのかな」

「はい?」

「うん、つまり、フィジカルな付き合いをしているのか……という意味だよ。この意味はわかるね?」

ストレートな言葉を避《さ》けながら田中は質問を重ねていく。この手のことに柔軟《じゅうなん》な質《たち》なのか、それとも単に表面に出していないだけなのか、男同士ということへの嫌悪《けんお》は少しも感じられなかった。

「加賀見は、『いつでも手を出したくて仕方ない』……なんて言っていたけれどね」

「え……」

どう答えたらいいのかわからずに郁海は視線を漂《ただよ》わせる。

加賀見も曖昧《あいまい》なことを言ったものだ。嘘《うそ》はついていないが、肝心《かんじん》のことには触《ふ》れないでいる。

だから田中は確かめたくて仕方がないのだろう。

「……そうみたいですね」

「身の危険は感じるということかな」

「別に、危険じゃないですよ。だって……恋人だし」

「でも君はまだ未成年なんだよ。まぁ、堅いことを言うつもりはないんだが、やはり面白くないのも事実でね。娘《むすめ》を持つと、こういう心境なのかもしれないな」

独白のような言葉を、郁海は曖昧な微苦笑《びくしょう》を浮《う》かべながら聞いていた。よく考えたら「娘」だなどと、ずいぶんなことを言われていたのだが、今はそれどころではなくて半ば聞き逃《のが》していた。

知られたからといって、何がどうなるものでもないだろう。単に郁海が嫌だというだけのことだった。

「今、恋人と言ったね」

「……たぶん、そうかな……とは思いますけど」

「たぶん？」

「だって自分のこと話してくれないし……大事にしてくれてるとは思うんですけど、それってもしかしたら同情かもしれないし……」

するりと本音が口をついて出てしまう。

普段《ふだん》は自覚もしていなかったことだが、どうも郁海の中にはそういった考えがずっとあったようだ。

加賀見もまた、正式な結婚《けっこん》によって生まれた子供ではなかったのだ。先代のジョイフル社長、つまり田中の義父が、外で作った子供なのだ。だから同じ立場の郁海に対して、彼は最初から興味を抱《いだ》いていたらしい。

郁海が知っているのはその程度だ。

加賀見のことをいろいろと知りたいとは思う。けれど、あからさまに歓迎《かんげい》していないのがわかるだけに、突《つ》っ込んで聞くことはできないでいる。

そんなことをして、加賀見に嫌《きら》われたくなかった。

「同情ね……」

「自分もそうだから放っておけないんじゃないかって……」

「それで、君は父親のように甘えている？」

「違《ちが》います」

加賀見に父親を求めたことなんてない。だからといって、目の前にいる田中にそれを求めているかと言われると、そこもひどく曖昧だ。

郁海の中で、父親を強く求めていた時期は過ぎてしまったのかもしれない。

「それはよかった。私のために、父親のポジションはちゃんと空けておいてもらわないとね。それぱかりは誰《だれ》にも譲《ゆず》れない」

郁海は嘆息《たんそく》をした。

「でも、何だか親子ごっこしてるみたいです」

「今こうしていることかい？」

少し意外そうな顔をしながらも、笑《え》みは消えなかった。何を言っても、大抵《たいてい》この男は穏《おだ》やかな顔をしているのだ。

傷つくだろうかと思いながらも郁海は頷《うなず》いた。

「だって、僕が離《はな》れていきそうだから慌《あわ》てて父親になろうとしてるって感じがします。ずっと放《ほう》っておいたオモチャが、人に取られそうになったら急に惜《お》しくなるみたいな……」

「すると私は今、息子というオモチャに夢中なわけだね」

楽しげな口調は自覚があるからなのだろう。誠実とは言い難《がた》い男だが、その場を繕《つくろ》うだけのお為《ため》ごかしをべらべらと口にするわけではない。その点に関しては、郁海も彼を認めている。もっとも誰に対してもそうなのかは知らない。

「だがね、郁海。私が君のことで思うように動けなかったのは確かなんだ」

「……わかってます」

「それに、子供というのが可愛《かわい》いものだという発見もした。君に会ったときに、不思議なくらい愛《いと》おしいという気持ちが湧《わ》いてきたよ」

田中はテーブル越《ご》しにじっと見つめてきた。戸惑《とまど》うくらいに優《やさ》しい目をされて、思わず視線を逸《そ》らしてしまう。

照れくさくて、まともに聞いていられなかった。

「正直に言って、君に対してはずっと義務感しか持っていなかったんだよ。会ってみて初めて自分の子供なんだという実感が湧いてきてね。ああいうのは理屈《りくつ》じゃないんだな。血が反応するのかもしれないね」

「僕……は……」

果たして郁海はどうだっただろうか。

とにかく緊張《きんちょう》したことを覚えている。だがあのときの郁海は、加賀見のことで頭がいっぱいで、あまり感慨《かんがい》に耽《ふけ》ってはいられなかった。

ただ田中に対する三年にわたる不満だとか意地になっていた部分が、氷が溶《と》けるみたいにして姿を消して、なし崩《くず》しに許してしまっていたようにも思う。

それがきっと理屈ではないということなのだろう。

「今は、もっと早く君に会えばよかったと後悔《こうかい》しているよ」

「もっと小さいうちなら、もしかしたら田中さんになついたかもしれませんね」

「それも楽しそうなんだが、もっと理由はシンプルだよ。もっと早く会っていれば、寂《さび》しい思いをさせずに済んだろうと思ってね」

本当に、狡《ずる》い男だと思う。人を陥落《かんらく》させる術《すべ》をよく知っていて、人の弱いところをくすぐるのがとても上手《うま》い。

きっとこんなふうに女性とも話すのだろう。

息子の目から見ても、質《たち》の悪そうな男だった。そしてどこか加賀見と似ているのだ。

その彼は、郁海のことを自覚のないファザーコンプレックスだと言った。今は何となく否定できない自分がいた。

もちろん田中に言うつもりはない。無闇《むやみ》に彼を喜ばせてやるのはしゃくだった。

「加賀見さんが、田中さんはとても女性にだらしがないって言ってました」

「まぁ……否定しないほうがいいんだろうね。確かに私は一人でいるのが嫌《いや》で、常に誰かにいてもらっているからね」

「どうして奥さんじゃないんですか」

それが一番平和的で、そして普通《ふつう》のことだろうに。

だが田中は難しいことを言われたような顔をして、かすかに眉《まゆ》をひそめて笑った。

「彼女はね、私のことが嫌いなんだ」

「それは田中さんが浮気《うわき》するからじゃないんですか？」

「最初からだったよ。私は彼女が好きなんだけどね」

さらりと告げられた言葉に郁海は啞然《あぜん》とする。そう言うからには嘘ではないのだろうが、だったらどうして外に女を何人も作るのか理解できなかった。

郁海が不可解そうな顔をしているうちに、店の者が入ってきて、皿を下げていった。そして次の料理が運ばれてくる。

また二人だけになると、田中が先に喋《しゃべ》り出した。

「どうして浮気なんかするのか……という顔だね」

「そうです」

「一人は嫌だと言っただろう？　奥さんが相手にしてくれないから、誰か他《ほか》の人にいてもらっているだけだよ」

「僕を産んでくれた人もそうだったんですか？」

もやもやとして、少し嫌な気分だ。望まれて出来た子供だなんて願望はすでに持っていないが、埋《う》め合わせの相手が母親だというのはまた別問題だった。

食事を進めるように促《うなが》しながら、田中は言った。

「君のお母さんは、私の高校の同級生でね。他の女性とは少し違う」

「どんなふうに……？」

「学生の頃《ころ》、付き合っていたんだよ。それが同窓会で会ってね。何となくまたそういうことになったというわけだ。もちろん誰にも知られないようにね」

つまり何となく出来た子供が郁海だったというわけだろうか。あまり愉快《ゆかい》ではなかったけれど、そんなものだろうとも納得《なっとく》した。

「僕が……子供ができたって聞いて、どうにかしようと思わなかったんですか？」

十六年前と言えば、ちょうど田中が先代社長に見込まれて婿養子《むこようし》に入るか入らないかという頃だ。そんな時期に外での子供は命取りになりかねなかったはずだ。堕胎《だたい》させられても不思議ではなかったのだ。

「彼女がどうしても産みたいと言ったのでね、私とは無関係にという約束をしたんだ」

「そうですか……」

どんな形にしろ、実母が亡《な》くなった後で郁海がちゃんと育つように環境《かんきょう》を与《あた》えてくれたのは田中である。ひそかに付き合っていた以上は、郁海を見捨てることだってできたはずだが、彼はそうしなかった。

感謝すべきなのかどうかは、今はまだわからなかった。

「今ははっきりと、君を産んでもらってよかったと思っているよ。十六年経《た》って、こうして息子《むすこ》と食事ができるんだからね」

「あの……本当に他にはいないんですよね？」

「うん？」

田中は手を止めて、じっと郁海の顔を見つめた。

「だから、その……田中さんはいろいろな人と付き合っているみたいだから……実はまだ他にも子供がいて、僕に兄弟がいるとかっていう……」

「それはないから安心しなさい」

やけにきっぱりと言い切って、田中は笑った。

「他の女性は、誰《だれ》も私と付き合っている頃に妊娠《にんしん》も出産もしていないよ。それは調査してあるから確実だ」

「……そうですか」

郁海はふっと溜《た》め息をついた。もし兄弟がいるならば、それはそれで面白《おもしろ》そうだと期待していたのだが、どうもそれはなさそうである。

「弟か妹が欲しいなら、今からでも何とかしようか？」

「いいです」

洒落《しゃれ》にならないところが嫌だった。

思わず大きな息を吐《は》き出して、目の前のエビに箸《はし》を伸《の》ばした。

マンションに戻《もど》るのは、いつもだいたい九時半から十時の間だ。ゆっくりとする食事が終わると、田中は必ずエントランスの中へ入っていくまで見送ってから帰途《きと》につく。今日はタクシーで下まで送ってくれたのだった。

珍《めずら》しく部屋には加賀見がいなかった。少し前までいたような痕跡《こんせき》はあるのだが、自分の部屋に戻っているらしい。

間違《まちが》いなくそのうち戻ってくるだろうと思っていると、郁海が風呂《ふろ》から出た頃に加賀見が隣《となり》からやって来た。手には携帯《けいたい》電話が握《にぎ》られていた。

「今日は早かったね」

言われて時計を見て、納得した。たった今、九時半になったばかりだから、確かにいつもより早い時間だ。

これは郁海が早く帰りたがったせいもある。今日の話は、油断するとすぐに加賀見との関係のほうへ行きそうで、それを避《さ》けたくて郁海はいつもより喋らなかった。おかげで食後にゆっくりすることもなかったわけだ。

「何だかいろいろ聞かれちゃって……」

「いろいろ？」

「……あ、初めて秘書の人に会いました。森尾さんっていう……」

「一緒《いっしょ》だったのか？」

意外そうに加賀見は眉を上げた。

「いえ、田中さんを送って来たんです。家から直接だったみたいで……」

遠回しに説明をすると、加賀見は納得した様子で顎《あご》を引く。それですべての事情は把握《はあく》したと言わんばかりだ。

「美人だったろう」

「……そうですね」

知らず唇《くちびる》がムッと突《つ》き出され気味になる。他意はないのだろうが、加賀見の口から別の人の誉《ほ》め言葉が出るのは面白くなかった。

こんなささやかなヤキモチを妬《や》く自分に郁海自身が戸惑《とまど》ってしまう。何でもないと頭ではわかっているのに、感情はそのコントロール下から完全に抜《ぬ》け出してしまっているのだった。

加賀見は楽しそうに笑《え》みを浮《う》かべた。

「それはヤキモチかな。それとも、だらしない父親への不満か？」

「……どっちでもないです……っ」

ふいと横を向いて、郁海はキッチンに入っていく。冷蔵庫の中から炭酸飲料を出しつつ、食事をした形跡《けいせき》がないことに気づいて溜《た》め息をついた。

加賀見は一人だとあまり食事をしようとしない。あるいは自分の部屋に戻ってしたのかもしれないが、今までのパターンだとおそらく違《ちが》うだろう。

話し掛《か》けようとした矢先に、加賀見の携帯が鳴りだした。

ここのところ加賀見の携帯には頻繁《ひんぱん》に電話が入る。仕事関係らしいのだが、少し空気は緊《きん》張《ちょう》気味で、何か難しい問題を抱《かか》えていることは伝わってきていた。だが何も言ってはくれないし、仕事にまで首を突っ込むわけにはいかないので、郁海は何も知らないままだった。

だがこの電話は違うようだ。表示を見た瞬間《しゅんかん》、少しだけ表情が和《やわ》らいだのを郁海は見逃《みのが》さなかった。

「はい？　ああ……元気だよ」

ぞんざいとも言える口振《くちぶ》りは、しかしどこか柔《やわ》らかさを帯びていた。親しい相手なのだろうということは、聞くまでもなくわかった。

安堵《あんど》しながらも、郁海は相手が気になって仕方がなかった。

「ああ、そう。一ヶ月……もう少し前かな。後で住所と電話番号を送っておくよ。携帯のほうが確実だけどね。うん？　ああ……久しぶりだね、元気だった？」

声のトーンが途中《とちゅう》からさらに変わった。まるで子供に対して話すような言い方で、ソファに近づいていくと電話から高い声がかすかに漏《も》れ聞こえてきていた。

子供か、女の子といった感じだ。

「まだそんなこと言ってるのか？　彼氏の一人や二人、早く作りなさい」

笑いながら加賀見は郁海を引き寄せて隣に座らせる。

興味を持っているのを知られたくなくて、郁海はテレビのリモコンに手を伸ばし、音量を小さくしながらチャンネルを変えていった。

やがて電話は終わり、加賀見はふっと息をついた。

「テレビを消していいか？」

「……どうぞ」

観たいものなどないことくらい加賀見は知っているのだ。電話が終わったのだから確かにもう用はなかった。

たぶん郁海が何も聞かなければ、加賀見は何も言わないだろう。

どうしようかと迷った挙げ句、好奇心《こうきしん》には勝てずに口を開いた。

「引《ひ》っ越しのこと、あんまり言ってないんですか？」

「事務所の関係には教えてあるよ。今の電話は姉でね」

「……えっ？」

郁海は大きく目を瞠《みは》り、まじまじと加賀見の顔を見つめた。

加賀見の姉と言えば、田中の妻・蓉子《ようこ》のことがすぐに頭に浮かぶ。彼女は加賀見の異母姉なのだが、今の電話はとてもそんな雰囲気《ふんいき》じゃなかった。

何も言えないでいると、加賀見は続けた。

「異父姉が一人いるんだよ」

「お……お母さんが一緒ってことですよね……？」

「そう。彼女は田中家とは無関係だ。厳密に言うと、少し関係しているとも言えるかな。彼女は蓉子夫人の友人だったんだ。中学生のとき、同じ学校だったそうだ」

　つまりかなり年が離《はな》れているということだった。

　思っていたよりもことは複雑らしい。郁海はにわかに緊張して、加賀見の言葉に注意深く耳を傾《かたむ》けた。

「先代の社長……つまり、私の父親に当たる男が、娘《むすめ》の友達の母親に手を出してしまったというわけだ」

「そ……それって、かなり……」

「蓉子夫人が傷つくのは当然だろう？　あの人も、気の毒な人なんだよ」

　確かにそうだ。前から一番ひどい目に遭《あ》っているのは彼女ではないかと認識してきたが、いよいよその気持ちが強くなる。何しろ自分の父親が外で子供を作って、無理やり結婚《けっこん》させられた相手がまた同じことをしたのである。

　郁海のことを嫌うのも当然だし、加賀見が彼女に冷たくしきれないのも、そういった負い目のせいなのかもしれない。

「優しくしてあげればいいのに……」

「うん？」

「あ、田中さんなんですけど。今日、ちょっとそんな話になって……どうして愛人ばっかり作るのかって聞いたら、奥さんが相手にしてくれないからだって言うんですよ」

　だが郁海には、どう考えたって田中が悪いような気がしてならなかった。

「半分は正しいかな」

「どういうことですか？」

「スタート時点からもう噛《か》み合っていなかったんだよ。蓉子夫人は、相手が自分に興味がないのを知っていたし、社長も結婚相手として彼女個人を認識していなかった」

「えっと……つまり、ジョイフル社長の娘と結婚しただけ……ってことですか？」

蓉子自身の顔だとか性格だとか、そういうものは田中にとってまったく意味のないことだったわけだ。

「そう。極端《きょくたん》な話、そこらのマネキンを持ってきてこれが娘だと言われても、社長は平然と結婚しただろうな」

「信じられない……」

郁海は顔をしかめて、大きな溜め息をついた。

顔を思い浮かべようとしても、郁海は蓉子の顔を知らない。とても近くにまで来たことはあったのだが、あのときは顔を見なかったのだ。思い出せるのは、神経質そうな尖《とが》った声と喋《しゃべ》り方だけだ。

「最初の頃《ころ》に、社長がもう少し接し方を考えていればこうはならなかったと思うんだが……」

「奥さんのことは好きだって言ってましたけど」

「あれでも負い目があるんだろうね。私にもよくわからない夫婦だよ。蓉子夫人が離婚《りこん》を言い出さないのも、単にプライドだけの問題でもなさそうだしね」

　加賀見にわからないものは、もちろん郁海にもわからなかった。はっきりとしているのは、田中が仕事以外において、呆《あき》れるくらいだらしがなくてどうしようもないということだ。甲斐《かい》性《しょう》なんてこれっぽっちもない。

「あの……もう一人のお姉さんとは仲いいんですか？」

「いいと言うか……まぁ、普通《ふつう》だな。旦那《だんな》の仕事の都合で高知にいてね。滅多《めった》に会うことはないよ」

　年の離れた姉と弟ならば、そういうものだろう。蓉子の年は知らないが、中学生のときに加賀見が生まれたというからには、少なくとも四十代半ばになっているはずだ。ちょうど、亡くなった郁海の養母と同じくらいだろう。

　そう考えて、納得《なっとく》した。

　途中で変わった電話の相手は、おそらく加賀見の姪《めい》だ。彼氏がどうのと言っていたし、女の子の声だった。

　納得したものの、何だか複雑な心境だ。考えてみれば当然のことだが、加賀見にもちゃんと身内があったのだ。

「どうした？」

「……いえ、別に」

いつのまにか、加賀見には自分しかいないような気になっていた。ぎこちない関係の父親が一人いるだけの郁海と同じように、加賀見にも緊張《きんちょう》した関係の異母姉がいるだけだと思いこんでしまっていた。

何となく寂《さび》しいと思うのは、郁海の勝手な感傷だろう。

「お母さんは……？」

「亡《な》くなったよ。五年くらい前だったかな」

「そうなんですか……」

俯《うつむ》きがちの郁海の顔を、加賀見は探《さぐ》るようにして覗《のぞ》き込んできた。

「さっき、社長にいろいろと聞かれたと言っていたね。何を聞かれたんだ？」

「何って……」

言いかけて郁海は思い出した。田中から聞いて、とても驚《おどろ》いたことが一つあったのだ。今の今まで忘れていた。

「学校……」

「うん？」

「加賀見さん、斉成の卒業生だって聞きました」

「ああ……」

あまり嬉《うれ》しくもなさそうに加賀見は溜《た》め息をついた。

どうやらこれは、話してくれなかったのではなくて、話したくなかったということらしい。そういった反応だった。

「どうして黙《だま》ってたんですか」

声のトーンは自然に責めるようなものになって、加賀見を見つめる郁海の目も険しくなっていた。

「校風のことか？　それとも私が斉成の生徒だったということかな？」

「どっちもです」

黙っていたからといって何がどうということもない。それは確かだが、何となく釈然《しゃくぜん》としないものがあった。

「前者は、言えば通うのを躊躇《ちゅうちょ》するだろうと思ったからだ。君にはいい学校じゃないかと思うがね」

「それはどうか知りませんけど、別に言ったたっていいじゃないですか。文化祭には出たことないなんて言って」

加賀見は少し黙り込み、その間に郁海の身体《からだ》を引き寄せた。

「嘘《うそ》はついていないよ」

「でもっ……」

「文化祭に出たことはないんだ。サボったからね」

目元へのキスを繰《く》り返しながら、加賀見は言った。息がまつげをくすぐって、とてもじっとしていられない。

首を竦《すく》めながら、郁海は今の言葉を頭の中で繰り返した。

「加賀見さんはもっとそういうのに積極的に参加する人だと思ってました」

「そうでもなかったよ」

「じゃあ、斉成らしい生徒じゃなかったんですか？」

「どうかな。少し違《ちが》う気もするね」

笑いながら唇《くちびる》が近づいてくる。

「でも、加賀見さ……」

唇を塞《ふさ》がれて、質問はしたくてもできなくなった。

土曜の夜に加賀見と肌《はだ》を合わせるのはもう決まりごとみたいなものだった。平日は翌日の学校のこともあって、さすがに遠慮《えんりょ》が働くらしい。それでも土曜日だけということもないのだから、加賀見の自制心とやらもたかが知れていた。

ベッドへ移動しようという様子もなく、パジャマのボタンを外されていく。風呂《ふろ》上がりの肌が、冷たい手に熱を奪《うば》われていったが、内側からはどんどんと熱が生み出されていくようで、やがてそれも気にならなくなった。

やがて唇が離《はな》れていくと、郁海は熱くなった吐息《といき》と一緒《いっしょ》に言葉を向けた。

「あの……今日、加賀見さんの部屋じゃだめですか？」

「どうして？」

「……何となく」

上手《うま》い理由が見つからなくて、声の調子は尻《しり》すぼみとなる。

加賀見が越《こ》してきてから、郁海が訪問した数などたかが知れていた。今まで二、三度、向こうの部屋で過ごす話を持ちかけたとき、いずれもやんわりと流されてしまい、郁海からは言い出しにくくなっていたのだ。久しぶりにどうかと思って様子を窺《うかが》ってみたのだが、やはり今日もだめだ。

たぶんもう郁海から言い出すことはないだろう。あまり加賀見が歓迎《かんげい》していないらしいのはわかったから、それを押してまで……とは思わなかった。

何度も断られると、どうしても消極的になってしまう。

加賀見はパジャマの前を開いて、肌にキスを落としながら言った。

「ベッドの上に、書類が散乱しているんでね」

「そう……ですか……」

本当かどうかは知らない。けれども郁海は納得したふりをして見せた。ふりだということくらい、加賀見もわかっているはずだった。

追及《ついきゅう》する性格じゃないのを、彼はわかっていて言ったのだ。

自分の部屋で寝《ね》ない加賀見が、わざわざベッドで仕事をするというのも変な話だ。

（ずるいなぁ……）

腑《ふ》に落ちないことを、「どうしてどうして」と追及するのはとても苦手だ。見苦しいような気がするし、バカな子供みたいで嫌《いや》だった。

そうこだわるあたりが、すでに子供なんだという自覚もある。

郁海は何も言わずに目を閉じて、与《あた》えられる感覚に身を任せた。あれこれと考えていられるのは最初だけだ。すぐにそんな余裕《よゆう》をなくすことはわかっていた。

滅入《めい》るとか、悩《なや》むとかいうほど大層なことじゃない。ただ何かあると、少し気になってしまう程度のことだ。

「あっ……」

じわじわと身体が甘く痺《しび》れていく。敏感《びんかん》なところを舐《な》められて、疼《うず》き出す身体をコントロールできなくなっていく。

冷たい加賀見の指先に翻弄《ほんろう》され、郁海はせつなげに喘《あえ》ぎ続けた。

3

さっきからずっと、後ろが気になってしかたがなかった。

気がついたのは学校を出て間もなくのことだ。誰《だれ》かに見られているような気持ち悪さが付きまとって離れない。

郁海は立ち止まって振《ふ》り返ってみたが、誰かがこちらを見ているというわけでもなかった。これで何度目になるかもわからない。

(自意識過剰《かじょう》かな……)

人が自分を見ている気がするなんて、人に言うのも憚《はばか》られる。最近、学校の行き帰りに声を掛《か》けられたり、やたらと人と目があったりするのだが、だからといって視線が気になるなんていうのは行き過ぎた意識だろう。

郁海は歩調を速めて駅を離れ、途中《とちゅう》で買い物を済ませてマンションへ帰った。

角を曲がってエントランスが見えてきたと同時に、扉《とびら》の前に男の姿が見えた。手には大きな茶封筒《ちゃぶうとう》を持っていた。

彼は郁海に気がつくと、すっと視線を流してきた。

だいたい加賀見と同じくらいの年だった。いくらか若いかもしれないが、それは顔立ちのせいも多分にありそうだ。優《やさ》しげな顔立ちに綺麗《きれい》に揃《そろ》えた髪《かみ》、洒落《しゃれ》たスーツにベージュのロングコートは、彼を品の良さそうな男に仕立て上げている。背筋も綺麗に伸《の》びて、実にスマートな印象だった。

彼はじっと郁海の顔を見つめてくる。だが不快な視線ではなかった。

「佐竹郁海くん」

いきなり名前を呼ばれ、郁海は思わず足を止めてしまうと、声もなくまじまじと男を見つめ返した。

誰だろうと、頭の中をぐるぐると考えが巡《めぐ》る。

だが答えをはじき出すより先に、相手が口を開いた。

「相原《あいはら》っていうんだけど……。話くらい聞いてるよね？」

「……誰から、ですか？」

可能性は二人だ。加賀見か田中か、である。

それを聞いて、相原と名乗った男は大きな溜《た》め息をついた。いささか大げさな、芝居《しばい》がかった溜め息だったが、それは嫌味《いやみ》にもならずに決まっていた。

「本当に話してないんだ？」

「はぁ……あの……？」

「加賀見と一緒に事務所やってる者なんだけど……そう言えばわかってもらえるかな？」

「そうなんですか？」

初耳だった。加賀見はプライベートなことはもとより、仕事のことだってろくに話してくれないのだ。事務所を構えているなんてことも、誰かと共同だなんてことも初めて知った。

相原はまた溜め息をついた。

「二ヶ月もほとんど毎日会ってるのにねぇ……」

「文句は加賀見さんに言ってください」

郁海は素っ気なくそう言うと、相原の横を通ってエントランスに入ろうとした。

「あ、待って。これ加賀見に渡《わた》しておいてくれないかな」

さっと目の前に茶封筒が出てきて、郁海の行く手を阻《はば》んだ。視線をゆっくりと相原に向けると、悪びれることなくにこやかに笑う相原の顔がある。

育ちの良さそうな人だと、つくづく思う。前の学校によくいたご令息に、このタイプは多かった。

「加賀見さん、帰ってるわけじゃないんですか？」

「うん、まだみたいだね。急ぎだっていうから届けに来たわけだ。今日はもう事務所に戻《もど》らないって言ってたらしいから。本当は郵便受けに入れて帰ろうと思ってたんだけど、君が来てくれてちょうどよかったよ」

「……お預かりします」

拒否《きょひ》をする理由はなかった。見たところ中には紙しか入っていないようだし、持ち込んでまずいものではなさそうだ。相原の正体を確認する手だてはないものの、預かるくらいは何ということもない。

「うん。よろしくね」

「あの……」

「はいはい？」

にこにこと、人好きのしそうな笑顔《えがお》が向けられた。とても優しげで、そしていかにも育ちがよさそうなのに、どこか得体《えたい》の知れなさを感じるのはどうしてだろうか。

「さっき、加賀見さんが『戻らないって言ってたらしい』って言いましたよね。事務所って、他《ほか》に誰か人がいるわけですよね？」

「事務の子がいたりするよ。何も聞いてないんだ？」

「ええ、まぁ……加賀見さんの仕事のことは、あんまり聞かないようにしてますから」

見栄《みえ》を張って、自分からあえて聞かないのだという姿勢を見せると、相原はふーんと鼻を鳴らして不躾《ぶしつけ》に眺《なが》めてきた。

何もかも見透《みす》かされているようで落ち着かない。

このまま中に入ってしまおうとすると、タイミングよく相原は言った。

「僕は君のこと、少し聞いてるよ」

「……そうですか」

「ビギナーパパの涙《なみだ》ぐましいご機嫌《きげん》取りが笑えるとか、よく話してくれるよ」

よく、という言葉に郁海の気持ちの一部分が引っかかる。

加賀見は相原には郁海の話をよくするくせに、郁海にはこの男の存在すら教えてくれなかったのだ。

「あなたも田中さんのところの仕事をしてるんですか?」

「いやいや、とんでもない。僕は税理士なんだよ。あちらには、もっとベテランの顧問《こもん》がついてるし」

「はぁ……」

混乱してきた。弁護士と税理士は、同じ事務所にいるものなのだろうか。郁海にはさっぱりわけがわからなかった。

怪訝《けげん》そうな顔をしていると、にこにこと笑いながら相原が説明をしてくれた。

「一応ね、会計事務所と法律事務所に分かれてて入り口も別々なんだけど、中で繋《つな》がってるの。給湯とか会議室が一緒《いっしょ》っていうか、真ん中にそういうのがあるわけ。事務はうちの子なんだけど、加賀見のほうもちょっと手伝ってあげてる」

「加賀見さんは、基本的には一人でやってるんですか?」

「そうそう。別に法律相談やってるわけじゃないし、やつの仕事っていうのは、ほら、どうにも胡散臭《うさんくさ》いだろ？」

あはは、と笑いながら明るく言われても返答に困ってしまう。

胡散臭いと言えば、確かにその通りだ。弁護士だというのは本当らしいし、郁海の後見人だった弁護士の事務所にいたこともあるようだが、現在どんな仕事をしているか具体的なことは何もわからない。

同僚《どうりょう》が胡散臭いという仕事とは、一体どんなものなのだろうか。

にわかに不安になってきてしまった。

「どんなこと……してるんですか？」

「田中氏の仕事が割と多いかなぁ……。ジョイフルの社員の調査とか、問題が起きたときに交渉《こうしょう》したりもみ消したりとか、取引相手の弱みを握《にぎ》ってみたりとか……後は法律関係の抜《ぬ》け穴教えてみたり……最近、事業広げてるみたいだしね、あそこ」

羅列《られつ》されていくにつれて不安はますます募《つの》っていく。表立ったことをしていないようだから、覚悟《かくご》はしていたが、やはりどう考えても堂々と言える仕事ではなさそうだ。

「ああ、それとあれだよ、あれ。田中氏の女性関係の後始末」

「……は？」

意味を問うように、相原の顔を見つめた。

「あの人、女にだらしない上に扱《あつか》いが下手っていうか、自分で始末がつけられないじゃない。

食い散らかすだけ食い散らかして、そのあとどうしよう……みたいな」

同意を求められても頷《うなず》きようがなかったが、容易に納得《なっとく》できる言葉でもあった。

だが息子《むすこ》と知っていて喋《しゃべ》る相原も相原である。幸いにして郁海は父親に対して尊敬の気持ちも憧《あこが》れも夢も抱いていないからいいが、これでも多感と言われる年頃《としごろ》なのだ。

それに郁海にとって、田中のことよりも気になることがある。

「あの……加賀見さんは具体的に何をするんですか？」

「うん？」

にっこりと笑いながら、相原は屈《かが》んで郁海の顔を覗《のぞ》き込んできた。

思わず仰《の》け反るようにして後ろに逃《に》げると、ますます笑みが深くなる。やはりこれは、見た目通りの優男《やさおとこ》じゃない。

「可愛《かわい》いなぁ。うん、なるほど」

「だからっ、具体的に何って……っ」

「ああ……だから、綺麗《きれい》に別れてもらえるようにお話しあいをしたり、慰謝料《いしゃりょう》を渡してみたりするんじゃないかな」

要はだめな男の尻《しり》ぬぐいだ。自分に田中の血が流れていると思うと、憂鬱《ゆううつ》になってくる話である。ましてフォローをしているのは恋人《こいびと》だ。もやもやとした不快感が胸の内側に広がって、表情は知らず苦いものになった。

「……それだけ、ですか……？」

「残念ながら、それ以上詳《くわ》しいことは知らない。加賀見に聞いてみたらどうかな？　きっと君には教えてくれないと思うけど」

チクリ、とまた不快感が胸を突《つ》っつく。

相原の言うことはきっと正しい。尋《たず》ねてみたところで加賀見は答えてはくれないだろう。郁海だって好きな人のことをもっと知りたい。けれども過剰《かじょう》なそれはうるさいだろうと思うし、相手のプライバシーの問題もあるだろう。それに煙たいと思われるのは嫌《いや》だった。相手に干渉《かんしょう》するのも束縛《そくばく》するのも嫌なのだ。けれどもやはり知りたくて、そして自分のものだけであって欲しいとも思う。

心の中は矛盾《むじゅん》する気持ちでいっぱいだった。

黙《だま》り込んでいると、相原がくすりと笑う。

「自分のこと話したがらないでしょ。不公平だよね。あっちは君のことで知らないことなんて、ほとんどないのにね」

「え？」

「それも聞いてない？　ついこの間まで、田中氏から加賀見への一番重要な仕事に、君に関《かん》することっていうのがあったんだよ」

郁海はきょとんとして、じっと相原の顔を眺めていた。

それは言われなくてもわかっているつもりだ。田中に引き取られてからというもの、郁海にはずっと〈お目付役〉がつけられてきた。と言っても四六時中そばにいるわけでなく、当時は直接話すこともできなかった田中との連絡係《れんらく》のようなものだった。それを郁海は片っ端《ぱし》から追い出していたら、とうとう手駒《てごま》がなくなって最後に加賀見が現れたというわけだった。

「それはわかってますけど……」

「そう？　三年の間、ずっとだよ？」

「はい？」

「だからね、〈お目付役〉として君の前に出ていったのは、ついこの間からかもしれないけど、三年以上ずっと君に関することで実際に動いてたのは加賀見なの。後見人の神保《じんぼ》氏は、本当に名前だけだったんだよ。今のマンションも、中学や高校の手続きも、全部あいつ。と、金のことは僕」

満面の笑みを浮《う》かべながら相原は自分を指差した。

「ずっと……？」

「うん、ずっと。君が次から次へと〈お目付役〉をクビにして、何とかして田中氏を引っ張り出そうとしてたこととか、全部知ってたわけ。微笑《ほほえ》ましいなぁって、交代があるたびに話してたんだよね」

郁海は顔が熱くなってくるのを感じた。自覚もなしに、そんな子供じみたことをしていたのは事実だった。それも加賀見に指摘《してき》されるまで、まったくわかっていなかったのだ。

それを初対面の相手から言われるのは、たまらなく恥《は》ずかしかった。

「かーわいーい。うん、わかるわかる。加賀見がね、君のことを毛を逆立ててる子猫《こねこ》みたいだって言ってたんだけど、納得だなぁ」

「おかしなことで納得しないでください！」

「ああ、ほらほら、そういう感じ。フーッて威嚇《いかく》してるみたいでしょ」

けらけらと笑いながら相原は郁海の頭を撫《な》でた。

とっさに頭を振《ふ》ったのを見て、ますます相手は楽しげになる。確かに今の瞬間《しゅんかん》は、猫《ねこ》みたいに毛が逆立っていたかもしれないと自分でも思った。

「確かにお預かりしましたっ！　失礼します」

「加賀見によろしくね。それで今度、みんなで一緒にご飯でも食べようよ」

背中に掛《か》けられたのんびりとした声に、立ち去ろうとしていた郁海はぴたりと足を止めた。肩越《かたご》しに振り返り、相原の顔を見やる。

「僕はいいですけど、加賀見さんは外食嫌がりますよ」

「そうなの？　何で？」

「知りません。外で僕を連れてるの嫌なんじゃないですか。相原さんもいるなら大丈夫《だいじょうぶ》かもしれませんけど」

二人きりでなければ、もしかしたら加賀見も妥協《だきょう》するのかもしれない。自虐《じぎゃく》的だと思いながらも郁海は相原の反応を窺《うかが》っていた。

けれどもふーんと鼻を鳴らしただけで、相原はそれについては何も言わなかった。次に言ったのは、まったく関係のないことだ。

「そっか……ねぇ、最近変わったことってなかった？」

「変わったこと？」

「うん。身の回りのことでね」

何を考えているのかわからない笑顔はそのままだが、声のトーンが少し変わった。これは冗《じょう》談《だん》じゃなくて、真面目《まじめ》な話なのだ。

「……加賀見さん、何かトラブルがあるんですか？」

「トラブルってほどではないんだけど……まぁ、少し。田中氏とは全然別のとこで、ちょっと厄介《やっかい》な仕事がね。ほんとに大したことじゃないんだけど」

やけに強調してくるのが、かえって郁海の不安を煽《あお》る。加賀見の携帯《けいたい》に電話が多いことも、伝わってくる緊張感《きんちょうかん》も、つまりはそのトラブルとやらに関係しているわけだ。

「あの……」

「あ、そろそろ行かなきゃ。ちょっと約束があるからさ。また会おうね」

そそくさと相原はエントランスを離《はな》れていく。

まるで質問を避《さ》けたような印象が拭《ぬぐ》えない。唖然《あぜん》として見送る羽目になると、途中《とちゅう》で相原は振り返り、大きく手を振ってきた。

郁海は憮然《ぶぜん》としながらもとりあえず会釈《えしゃく》して中へと入った。

妙《みょう》に疲《つか》れる相手だった。ああいうノリは昔から苦手だし、あの手の大人もあまり得意なほうじゃない。いい人だとか悪い人だとか、そういう問題はさておいて、こちらの反応を楽しそうに窺う目が嫌なのだ。

エレベーターの中で大きな溜《た》め息をついた。

ふと手の中の茶封筒《ちゃぶうとう》が気になってしまう。わざわざ持ってきたくらいだから、何か急ぐものなのだろう。それが果たしてトラブルに関係することかどうかはわからないが、一度気になるとなかなか考えは頭から離れていってくれなかった。

部屋に戻《もど》ってからも、郁海の意識は封筒に向けられていた。とりあえず自分の部屋で着替《きが》えながらも、机の上に置いたそれに目がいってしまう。

無断で見るわけにはいかなかった。仕事のものだし、そもそも人のものを見るのはいけないことだ。

「何でちゃんと封《ふう》しとかないのかなぁ……」

見ようと思えば見てしまえる封筒が郁海を誘惑《ゆうわく》してくる。いっそ封がしてあれば最初から諦《あきら》めもついたのに。

郁海は封筒を手に取って、しばらくじっと見つめた。

やがて大きく彼は息を吐《は》き出した。

「やっぱ、だめだってば」

自分に言い聞かせてリビングへ向かい、テーブルの上に封筒を置いた。それからすぐにキッチンに入って、食事の支度《したく》を始めた。

ちらちらと視線を送りながらも、郁海はそれから一度も封筒には触《ふ》れなかった。


加賀見はエレベーターから下りると、まず最初に自分の部屋に戻ってリビングの明かりをつけた。

ファックスのついた電話に目をやり、やれやれと嘆息《たんそく》を漏《も》らす。

「この程度か……」

いちいち目くじらを立てるほどのことでもない。片づけは後にして、とりあえずは着替えてしまうことにした。

家の電話が鳴り始める。放《ほう》っておくと、やがて留守番電話に切り替《か》わり、誰《だれ》かが怒鳴《どな》っているのが聞こえてきた。

加賀見はルームウェアに着替えると、明かりはそのままにして郁海の部屋へ向かう。鍵《かぎ》は持っているから、いちいち呼《よ》び鈴《りん》を押すこともない。

ドアを開けると、いい匂《にお》いが漂《ただよ》ってきた。

廊下《ろうか》を歩き、リビングに入る前に窓にカーテンが掛かっていることを確かめてから、足を踏《ふ》み入れた。

「おかえりなさい。あの、テーブルの上に預かったもの置いておきました」

「預かりもの？」

郁海の言葉に視線を向けると、そこには茶封筒がぽつんと置いてあった。すぐに相原からのものだということはわかる。

「……相原に会ったのか？」

「ええ、まぁ……」

「部屋に上げたのか？」

問い掛ける口調は少し鋭《するど》いものになってしまって、郁海がカウンターの向こうで目を丸くしていた。

「あ、いえ……外で立ち話しただけですけど……」

「そうか。何か言ってたか？」

「……いろいろ」

予想した範囲《はんい》の返事だった。あの男がただ封筒を渡《わた》すだけで帰っていくとは考えられない。べらべらと余計なことを喋《しゃべ》っていくほうが自然だ。

あの男は前から郁海を見たがっていたのだ。加賀見が入れ込んでいるのを見て興味をかき立てられてしまったらしい。

食事の支度に戻った郁海をじっと見つめる。

相原が気に入りそうなタイプだ。からかいでがあると言おうか、遊びがいがあると言おうか、加賀見ですら面白《おもしろ》いと思ってしまうのだから、相原が思わないはずがなかった。何よりも加賀見の反応を引き出すために郁海以上の適材はいないのだ。

あれはそれをよくわかっているはずだった。

「手伝おうか」

「あ、はい。それじゃ、これ運んでください」

フライパンから皿に盛ったばかりのポークピカタを渡され、ついでに小皿もダイニングテーブルに運んだ。それから用意されていたサラダと、郁海が最近気に入っている銘柄《めいがら》の豆腐《とうふ》。箸《はし》やグラスをセッティングしているうちに、飯と味噌汁《みそしる》が用意された。

向かいあって食事を始めながら、どうしたものかと加賀見は考えた。食べながらだと、話の流れによっては箸が止まってしまうだろう。

ひとまず当たり障《さわ》りのない学校の話をさせていたが、いつもと違《ちが》って郁海は学校での不満をぶつけては来なかった。クラスメイトのふざけた行動について言ってはいたが、普段《ふだん》に比べるとずっと覇気《はき》がない。

郁海が何か別のところに意識を取られているのは間違《まちが》いなかった。どこか物言いたげで、タイミングを窺っているようにも思える。

やがて食事が終わると、郁海は意を決した顔をして言った。食べている間、ずっとそのことばかりを考えていたかのようだった。

「一つ、聞きたいことがあるんですけど」

「何かな」

「加賀見さんて……悪徳弁護士なんですか？」

「……」

意表を衝《つ》かれて、加賀見は言葉もなく郁海を見つめ返す。

真っ直《す》ぐな目を向けてくる郁海はどうやら真剣《しんけん》らしく、固唾《かたず》を呑《の》んで加賀見の返答を待っていた。

相原から何を聞いたのか、だいたいわかってしまった。

「ずいぶんとストレートに来たね」

「どうなんですか？」

「自分でそう思ったことはないな。まぁ、言われたとしても仕方のない部分はあるかもしれないが」

郁海に対して隠《かく》しごとはあるけれど、嘘《うそ》を言うつもりはなかった。悪徳でないと思っているのも、言われておかしくないと思うのも事実である。

だがそんな曖昧《あいまい》な答えで郁海が納得《なっとく》するはずもない。

「そうやって、またはぐらかすんですか？」

いつになく郁海は食い下がり、テーブルの向こうで怒《おこ》ったような、それでいて泣きそうな顔をしていた。

こういう顔をされると弱い。普段はけっして加賀見の領域に踏み込むまいとしているのを知っているだけになおさらだ。

「相原に何を聞いたか教えてくれるか？」

「加賀見さんが、仕事のことちゃんと教えてくれるなら……」

「わかった。いいよ、約束しよう」

幼い恋人《こいびと》を不安にさせてまで隠したいものなどないのだ。郁海が人のことを聞くのに慣れていないように、加賀見も自分のことを喋るのに慣れていないだけだった。だからと言って、聞けば答えるのに……などと言うつもりもなかった。そんなものは言い訳だ。郁海の倍も年を取っている加賀見が上手《うま》く立ち回らないではどうしようもない。

椅子《いす》から立ち上がり、郁海のほうへとテーブルを回り込み、すっと小指を差し出す。すると虚《きょ》を衝かれた顔をしていた彼は、すぐに意味を悟《さと》って頬《ほお》に朱《しゅ》を刷《は》いた。

「い、いいですっ」

「指切りが恥《は》ずかしい？」

「そんなの平然とできるほど子供じゃないです……！」

けれども、恥ずかしいと思えるくらいにはまだ子供なのだ。子供扱《あつか》いに過敏《かびん》になっている郁海は、膝《ひざ》の上でぎゅっと手を握《にぎ》りしめてそっぽを向いていた。

「じゃあ、こうしようか」

頑《かたく》なな手を摑《つか》んで引き寄せて、握りしめたままの小指にキスをする。

かぁっと耳まで赤くなり、慌《あわ》てて手を引っ込めようとするのを見つめながら、加賀見は熱い頬に手のひらを添《そ》えた。屈《かが》んで、柔《やわ》らかい唇《くちびる》にもキスを落とす。

もう何度もキスをして、何度も抱《だ》いているというのに、普段とちょっと違うことをすると郁海は新鮮《しんせん》に反応する。それが可愛《かわい》くもあり、楽しくもあって、いつまで経《た》っても加賀見を飽《あ》きさせることがなかった。

「おいで」

促《うなが》してソファに移動し、肩《かた》を抱きながらいろいろなことを聞きだした。

案の定、相原は余計なことを山ほど口走って帰っていったようだ。トラブルが起きていることまで言わなくてもよさそうなものだが、実際に大した問題ではないし、つい口走ったというところだろう。

ただし郁海はそうもいかない。だから今まで加賀見は何も言わなかったのだ。

「相原さんの話だと……何だかあんまりちゃんとした仕事じゃないみたいだったから……」

「君の基準がよくわからないんだが……」

「だから、ちゃんと人に言える仕事なのかってことです」

郁海は間近からじっと加賀見を見上げてきた。戸惑《とまど》いと、それ以上の強い意志を感じさせる目だった。

「少なくとも悪徳弁護士ではないと思うよ」

「じゃ、相原さんが言ったのは冗談《じょうだん》なんですか？　弱味を握ったりとか……って」

「ああ……まぁ、そういうこともあるんだが、だからといってそこに付け込んで強請《ゆす》ったりするわけじゃない。犯罪行為《こうい》はしていないよ。誓《ちか》ってね」

だから人にだって言える。ただし堂々と……というわけにいかないのは確かだし、自分から言うつもりもなかった。加賀見自身は何とも思っていなくても、聞いた相手がどういう印象を抱くかは理解しているつもりだ。

郁海の反応が、おそらく一般《いっぱん》的だろう。

「今はどんな仕事なんですか？　トラブルって……？」

「とある家の相続問題なんだが、なかなか複雑なことになっていてね。もともと家の人間たちが呑気《のんき》で、そこに付け込まれて周り中のカモになっていたわけだ。故人には外に認知した子供がいるんだが、特にその周辺人物たちが強突張《ごうつくば》りでね。信用して人任せにしていたら、その相手と外の息子がつるんで、まずいことになってきたわけだ」

「加賀見さんは、家の人たち側なんですか？」

「そう。姉の友人の家でね。不動産の売却《ばいきゃく》だの、追徴金《ついちょうきん》だので、厄介《やっかい》なことになってきてるんだよ。しかも外の息子ってのがちょっと頭が悪くてね。主導権を取られて、好き勝手が出来なくなったものだから私に嫌《いや》がらせをしてくるわけだ」

　笑いながら加賀見は言った。実際にさして深刻な問題ではない。稚拙《ちせつ》で子供じみた嫌がらせで、実害と言えば資源が無駄《むだ》になったくらいだろう。加賀見の精神には何ら影響《えいきょう》を及《およ》ぼすものではなかった。

「嫌がらせって……」

「大したことじゃないよ。私はただの弁護士だし、相手は一般人だ。直接何かしてくるような度胸もないしね」

「それじゃ……あの、田中さんのほうの仕事は？」

「どの仕事？」

「……女の人の……フォローって」

　ひどく言いにくそうに郁海は言って、最後の言葉を口にしないうちに視線を俯《うつむ》かせた。こちらの表情を見まいとしているようだった。

まったく相原も余計をことをいろいろと教えてくれたものだ。後で文句の一つでも言わねばならないだろう。

「それは、ヤキモチと思っていいのかな」

笑いながら髪《かみ》に唇を寄せるが、郁海は何も言わなかった。違《ちが》うと反論しないところを見ると図星なのだろう。

知らず、加賀見は目を細めていた。

「気になる？　話しあいや金の受け渡《わた》しだけじゃなくて、ついでに手を出してるんじゃないかって？」

「そ、そんなこと言ってませんっ……」

「安心しなさい」

加賀見は郁海の頭を抱き込み、宥《なだ》めるようにして囁《ささや》いた。

「恋人がここにいるのに、そんなことをするはずないだろう？」

今は絶対にありえないことだ。どんな美女であろうと、他の人間に食指が動くことはないし、興味もない。過去のことは過去のこととして、あえて言う必要もないだろう。何もかも打ち明けて相手を不快にさせることがよいとも思えなかった。

「十分に満足させてもらっているしね。まぁ、欲を言えばキリがないんだが……春休みまでは

「とりあえず我慢《がまん》しようかな」

言いながら服のボタンを外しているようでは、我慢も何もあったものではないだろうが、翌日に影響を残すほど抱かない……という点が加賀見の中では自制なのだ。

郁海は予想通り戸惑いを見せた。

「あの、まだシャワー浴びてないし……」

「私は構わないよ」

「でも今日は体育あったから」

「じゃあ、風呂《ふろ》に入れてあげようか？」

冗談めかして言うと、郁海は慌ててかぶりを振《ふ》った。あながち冗談でもなかったのだが、無理にやると泣きそうだからここは引くことにした。初めてでもないくせに、改めてこういうことを言うと郁海はとても嫌がるのだ。

「おとなしくお預けを食らう私のために、早く出てきてほしいな」

バスルームへと送り出すと、郁海は躊躇《ためら》いを見せながらもリビングを出ていこうとした。抱かれるためにシャワーを浴びるというシチュエーションに、いつまで経っても彼は慣れようとしない。

廊下《ろうか》へ足を踏《ふ》み出したところで、郁海はぴたりと立ち止まった。

「あの……あと二つだけ聞きたいんですけど」

振り返りながらの言葉に、加賀見は鷹揚《おうよう》に頷《うなず》いた。

「どうぞ」

「僕のこと、ずっと加賀見さんが手続きとかいろいろしてたって聞いたんですけど、今は田中さんに頼《たの》まれてじゃないですよね？」

「何を言い出すかと思えば……」

加賀見は思わず苦笑してしまった。仕事での関係から踏み込んでいってしまったのは彼のミスだろうし、それによって境界線を曖昧《あいまい》にもしてしまったのだが、もう少し郁海はこの恋愛《れんあい》に自信を持ってもいいはずだ。

愛されることを当たり前に思えない郁海が不憫《ふびん》でもあり、愛《いと》おしくもあった。

「当然だろう。恋人《こいびと》のそばにいるために金をもらったりしないよ」

「そう……ですよね」

安堵《あんど》の表情を見つめながら、加賀見はさらに言った。

「むしろ、金をやるから離《はな》れろと言われたな」

「え……？」

「私が君のそばにいるのが気に入らないらしいね。まぁ、気持ちはわからないでもないがね」

何が面白《おもしろ》いといって、今の田中ほど面白いものもない。郁海に愛情を抱いているのは確かだろうが、それが妙《みょう》にちぐはぐで笑えるのだ。

「セックスしていることくらいわかっているんだろうが、認めたくないというところかな。自分の行動は棚《たな》に上げてね」

郁海は苦笑いを浮《う》かべ、否定も肯定《こうてい》もしないまま次の問いを口にした。

「どうして、僕に仕事のこと黙《だま》ってたんですか？」

「君の性格的に、納得《なっとく》できないことも考えられるだろう？」

「それは……そうかもしれませんけど……」

わずかに視線を動かして、郁海は黙り込んだ。加賀見の言葉を心の中で反芻《はんすう》し、自分自身に問い掛《か》けているようにも見えた。

やがてまっすぐにこちらを見据《みす》え、彼ははっきりとした声で言った。

「でも、僕はそんなことで加賀見さんのこと嫌《きら》いになったりしないですから……っ。たとえ悪徳弁護士だっていいです！」

郁海はそう叫《さけ》ぶと、逃《に》げるようにして背中を向けてバスルームへと飛び込んでいった。

「……」

バタバタと鳴るスリッパの音を聞きながら、虚《きょ》を衝《つ》かれてその背中を見送って、それからふと加賀見は笑《え》みをこぼした。

「別に悪徳ではないと思うんだが……」

まったくそのつもりがないのは本当だ。だがそう思うのならば放っておこうという気になった。郁海がそれでもいいと言うのだから、認識などは些細《ささい》な問題である。それよりも郁海の拙《つたな》い、そして必死の告白のほうが重要だった。色気もそっけもない告白だったのに、加賀見の気持ちを甘くくすぐってくれた。

「まったく……可愛《かわい》いことだな……」

どれほど加賀見が郁海に心を奪《うば》われているのか、当の本人はまったくわかっていないらしい。

だがそれもまた好ましくあるのだから、始末に負えない。

時間はまだ早く、ようやく八時を回ったところだ。加賀見は茶封筒《ちゃぶうとう》に手を伸《の》ばし、中に入っていた資料を確かめる。

(名簿《めいぼ》ねぇ……)

これは田中のほうの仕事だ。内部で不審《ふしん》な動きがあると、どういうわけか加賀見が内偵《ないてい》を依《い》頼《らい》されるのだ。これで何件目かわかったものではない。

加賀見は書類を封筒にしまい、テーブルの上に無造作に置いた。それから携帯《けいたい》電話を取りだして相原にかけたが、電波は届かなかった。メッセージだけ吹《ふ》き込んで、加賀見は携帯をマナーモードにした。

そろそろ郁海が風呂から上がる頃《ころ》だろう。加賀見はそちらに足を向け、軽くノックをしてからドアを開けた。案の定、磨《す》りガラスの向こうに郁海のシルエットがはっきりと見えていた。ちょうど出ようとしていたところなのだ。

扉《とびら》がそろりと少し開いた。

「何してるんですか……？」

五センチほどの隙間《すきま》から、郁海の顔が見えた。

「待ちきれなくて、迎《むか》えにね」

「ええっ……？」

「おいで」

加賀見はバスタオルを拾い上げて広げ、視線で郁海を促《うなが》した。

少し躊躇った後、郁海はそろりと扉を開けて、ゆっくりとバスルームから出てきた。まるで小動物が巣穴から注意深く出てくるような印象だった。

肉厚で大きめのバスタオルで身体《からだ》をくるみ、水気を拭《ふ》き取ってやろうとすると、郁海は予想通り抵抗《ていこう》してきた。

「自分でやりますから、加賀見さんもシャワー浴びるとか……っ」

「後でいい」

騒《さわ》ぐ口を塞《ふさ》いで、甘くて柔《やわ》らかい唇《くちびる》と舌を味わう。その一方で、タオル越《ご》しに郁海の身体に触《ふ》れていった。

脱衣《だつい》所に置いてある背もたれのない椅子《いす》に郁海を座らせ、唇を長く貪《むさぼ》りながら、腿《もも》から膝《ひざ》、そして足首へとタオルを押し当てた。

　十分に身体を拭くと、加賀見はバスタオルを肩《かた》に掛けてやり、首や肩にキスを落とす。温まった肌《はだ》からは、いつもと同じボディソープの香《かお》りが立っている。何度触れても気持ちのいい肌だ。

　今日は気を遣《つか》って痕《あと》をつけないように肌を吸った。明日も学校があるのだし、気を付けるに越《こ》したことはない。

「やっ……何で、こんなとこで……」

　胸の粒《つぶ》を弄《いじ》り始めると、郁海は身を捩《よじ》って逃げようとする。ベッドやソファは慣れたらしいが、それ以外の場所はまだ抵抗が強いのだ。だが安定のよくない椅子の上では、思うように身動きもとれず、肩を押し返すという程度の消極的な抵抗だった。

　加賀見は細い腰《こし》を腕《うで》に抱き込んだまま、淡《あわ》い色をした粒を吸い上げる。

「っぁ……ん……」

　ぴくりと肌が震《ふる》えて、甘い声が唇からこぼれた。尖《とが》ってきたそれに舌を絡《から》め、口の中で転がしていると、せつなげに郁海は鼻に掛かった息を吐《は》く。

　加賀見が一からすべてを教えてやった身体だ。キスの仕方も快感の追い方も、何もかも加賀見によって覚えた。

　どこをどうすれば郁海が感じ、乱れて蕩《とろ》けていくのか、加賀見だけが知っている。

　崩《くず》れないように身体を支えながら、加賀見が口と指とで郁海を喘《あえ》がせていくと、縋《すが》るものを求めて郁海の手が頭を抱《かか》え込もうとする。そうでもしないことには、今にも倒《たお》れてしまいそうで怖《こわ》いのだろう。

すでに官能の火は郁海の中に灯《とも》っていた。

加賀見は唇にキスをしながら郁海を抱き上げ、ベッドまで運んでもう一度深く唇を結び合わせた。

「ん……」

バスタオルは床《ゆか》に落として、身体中に手を滑《すべ》らせる。

郁海のいいところはよく知っていた。撫《な》でるようにして触れていくと、加賀見の身体の下で華奢《きゃしゃ》な身体が小さく跳《は》ね上がった。

先ほどの続きとばかりに胸に愛撫《あいぶ》をしながら、指先は下肢《かし》をまさぐった。

「あっ……や……んっ」

強く吸い上げ、舌を絡ませると、過剰《かじょう》に思えるくらいに反応を示す。

先ほどよりもずっと郁海は積極的に快感を追いかけていた。やはり場所への抵抗が、感覚にブレーキを掛けていたのだろうか。

それならばと、加賀見は郁海自身に指を絡めながら、感じやすい胸を執拗《しつよう》に攻《せ》めていった。

甘い声が部屋に響《ひび》く。

明日は学校があるから、そう何度も身体を繋《つな》げるわけにはいかない。その代わり、たっぷりと郁海の身体を指先と舌で味わうつもりだった。

さんざん胸を弄った後、加賀見は魅惑《みわく》的なその粒から唇を離《はな》した。赤く濡《ぬ》れたそこはすっかり過敏《かびん》になって、ふっと息を吹きかけるだけでもびくりと震えるほどだ。もっと愛してやれば、ここだけで達《い》くかもしれない。

身体中にキスをしながら、ほっそりとした脚《あし》の間に身体を入れる。

「やっ……」

脚を広げさせようとすると、郁海がわずかな抵抗を見せた。それを無視して、加賀見は摑《つか》んだ膝を大きく左右に割った。

視線に耐《た》えられないというように郁海は目を閉じて顔を背《そむ》ける。何度抱いても、郁海はこうやって奥を暴かれることに激しい抵抗を感じるらしかった。

何もしないで見つめていると、郁海は泣きそうに顔を歪《ゆが》めた。

宥《なだ》めるように足の甲《こう》に口づけて、それからキスを上へとずらしていく。足首からふくらはぎ、膝から腿へと行くにつれて、キスは触れるだけのものから強いものへと変化していく。歯を立て、舌でなぞり、そして吸い上げる。

脚の付け根の際《きわ》どいところをそうやって愛撫すれば、薄《うす》い皮膚《ひふ》は痕を残しながらびくびくと震えた。

たっぷりと予告をしておいて、反応しかけたものを口に含《ふく》むと、釣《つ》り上げたばかりの魚みた

いに身体が跳ね上がった。

「あぁ……っ、ぅ……んんっ」

感じるままに、足の指先がシーツを掻《か》くようにして動いた。両手で加賀見の髪《かみ》を乱し、薄い背中をシーツから浮《う》かせて嬌声《きょうせい》を上げる様は、普段《ふだん》の郁海からは考えられないほど官能的で、加賀見の目と耳を楽しませる。

よじれそうになる腰は、少し強引に押さえつけた。

「やぁ……っ」

もどかしげに首を振《ふ》り、半泣きになるのが可愛らしい。身体を繋げているときより、こうやって一方的な愛撫で執拗に攻めるときのほうが郁海は泣きそうになる。相変わらず羞恥心《しゅうちしん》が強いらしいのだ。

口の中で愛《いと》おしみながら、濡らした指先で後ろを探った。

いつも最初はきつく閉ざされているのに、やがては加賀見のために綻《ほころ》んでいく場所だ。ゆっくりと指を差し入れて、前への愛撫にあわせて動かしていく。淫猥《いんわい》な音と、郁海の喘ぐ声だけが聞こえてきた。

「あっ、ぁん……ん、っぁ……」

腰が揺《ゆ》れるのはもう無意識のことだろう。

指がすんなり動くようになると、加賀見は一番長い指を添《そ》えてより深く郁海の中を探っていった。

郁海が甘く蕩けていくのがわかる。

中は熱くて、柔らかな壁《かべ》が指に絡みついてくるかのようだった。

加賀見は前から口を離し、指を含んだ場所へ舌を這《は》わせる。泣きそうな制止の声は今度も無視をした。

「いやぁ……っん……」

指で開くその間から舌を差し入れると、身体がひくんと震えた。さんざん「いや」を繰《く》り返すが、それが意味を持っていないことはわかっていた。

十分に柔らかくなって、ふっくらとしてくるまで指と舌とで愛撫して、それから少しずつ身体を繋いだ。

「あ、あっ……ああ……！」

俯《うつぶ》せにした華奢な身体《からだ》を、じりじりと押し開いていく。狭《せま》かった場所が、加賀見をちゃんと受け入れてくれるのだ。

指先を背骨に沿って撫でると、ぎゅっと加賀見を締《し》め付けてくる。

覆《おお》い被《かぶ》さるようにして背中から抱《だ》きしめ、耳やうなじにキスをした。こんなに愛おしい存在はない。普段の強がりも大人びた振る舞《ま》いも、ふとしたおりに見せる頼《たよ》りなさも幼さも、すべてが加賀見の胸を衝《つ》いた。

ゆるやかに、深い部分を抉《えぐ》っていった。

「あぁ……っ、ん……い……あ、あっ……！」

郁海は後ろだけで感じられるようになった。加賀見に抱かれていく中で、身体が愛されるためのものに変わったのだ。

腰を引くと内部が絡みついてきて、押し入っていくと抵抗《ていこう》をしながらも包み込んでくる。それは加賀見にとってもたまらない快感だった。

細い腰を摑んで揺さぶれば、悲鳴のような声が上がった。

幼さの強い顔立ちと、育ちきらない身体を見ていると、ひどく罪深いことをしていると思えてくる。年端《としは》もいかない無垢《むく》な少年に男に抱かれることを教え、その行為《こうい》に慣れさせて、今こうして快感に泣かせている。だが郁海を欲しいという気持ちは抑えられなかった。抱けば抱くだけ、もっと欲しくなっていってしまうのだ。

形を変えて郁海を穿《うが》った。途中《とちゅう》で一度、郁海が達ってしまっても、加賀見は貪欲《どんよく》に郁海を求めた。

「や、ぁっ……あ、あんっ……！」

横臥《おうが》した恰好《かっこう》で貫《つらぬ》かれながら、郁海はぎゅっとシーツを摑んでいた。何度もかぶりを振って、快楽のための涙《なみだ》を閉じた目からこぼしている。

よすぎて泣くことが本当にあるのだと、加賀見は郁海を見て初めて知った。

郁海には打算も演技もない。声を上げるのも泣くのも、そしてときとして失神するのも、すべて感じたままの素直な反応なのだ。

限界が近くなった頃《ころ》、加賀見は後ろから攻める恰好に戻《もど》ってリズムを速めていった。

「ぁぁぁあっ……！」

かき混ぜるようにして深く抉ると、郁海は甘い悲鳴を上げて絶頂を迎《むか》えた。加賀見もまた精を放ち、断続的なそれを郁海の中に注ぎ込んだ。

背中から抱きしめて、呼吸が落ち着くのを待っていた。

熱が引いていく身体が寒くないように、肩《かた》までケットを引き上げる。かつて加賀見が郁海のために用意させたものは多岐《たき》にわたるが、田中が金に糸目を付けないのをいいことにすべて上質なものを揃《そろ》えさせた。たとえば寝具《しんぐ》にしてもそうである。このケットは肌触《はだざわ》りのいいシルクで、シーツもパジャマも素材のいいものを選んだ。

必死に強がっていた子供のために、せめてもと思っていた。まさかこの腕《うで》に抱くことになるとは、あのときは思ってもいなかった。

抱きしめた身体からは、甘い匂《にお》いが立っているようだ。蜜《みつ》みたいに、加賀見を引きつけてやまない。快感の中で蕩《とろ》けた郁海は、その形を少しずつ取り戻《もど》しつつあるものの、まだ色濃《いろこ》く官能の気配を残していた。

一度ならず抱いてしまいたいと思うのは加賀見にとって当然のことだったが、そこは理性で抑《おさ》え込む。この程度の自制心くらいは持ち合わせているのだ。

腕の中でぐったりとしていた郁海が、やがてほうっと吐息《といき》を漏《も》らした。自分の前に回った腕に、そろりと指先をかけてくる。まだ息は整っていないが、絶頂の余韻《よいん》は少しずつ引いてきたようだった。

郁海を快感に狂《くる》わせ、それを見ているのも楽しいし、二人で一緒《いっしょ》に快楽の中で溺《おぼ》れたいとも思う。けれど、二人きりで穏《おだ》やかに沈黙《ちんもく》の中に身を任せるのもいいものだ。

そんなふうに感じる相手は郁海が初めてだった。

互《たが》いの息づかいと、日常の小さな音以外には何も聞こえなかった。

「加賀見さん……あの……」

おずおずと、様子を窺《うかが》うような声がした。

「うん？」

加賀見は意地悪く意味がわからない振りをする。本当は郁海の言いたいことなんて十分過ぎるほどわかっていた。

いつまでこのままの恰好でいるのかと、そう言いたいのだ。

後ろから耳朶《みみたぶ》を噛《か》むと、腕の中で郁海はぴくりと震《ふる》えた。

「や……だめ……っ」

「どうして？」

「……ちゃうから……」

「聞こえない」

郁海が口の中だけで小さく紡《つむ》いだ言葉は、こんなに近くにいる加賀見の耳にすら届かなかった。とても言いにくいことであるのは確かで、だからこそはっきりと言わせてみたいと思ってしまう。

もう一度言わせるために、加賀見は舌先で耳を愛撫《あいぶ》した。

「き……気持ちよくなっちゃうから、だめなんです……っ」

愛撫している耳は真っ赤だった。

「なればいい」

「だって、明日も学校……あるしっ」

「そんなに影響《えいきょう》はないだろう？」

前に回した手を這わせ、尖《とが》った胸の飾《かざ》りを指で摘《つま》み上げれば、郁海は小さく声を上げて、飲み込んだままの加賀見をぎゅっと締め付けてきた。

再び郁海を求めるための力を、そこが取り戻していくのがわかる。

学校があるからとか、大人の理性だとか思っていたことが、あっけないほど撤回《てっかい》されてしまって、加賀見は苦笑をこぼした。

「やっ……ぁ……だ、めっ……」

だめだと言いながら、甘ったるい声に拒絶《きょぜつ》の色はない。それを確かめながら、加賀見は郁海の弱いところばかりを攻《せ》めていった。

くちゅくちゅと、湿《しめ》った音が浴室に響《ひび》いている。

加賀見の指は後ろに入り込み、さっきからずっと中に放った彼のものを掻《か》き出そうと動いていた。

これはセックスじゃない。そう加賀見は言うけれど、慣らすために弄《いじ》られるときと動きはあまり変わらなくて、声を殺すことだって難しかった。

「っん……ん……」

どうやりすごそうとしても、感じてしまう。

郁海は加賀見の肩に顔を伏《ふ》せながら、熱い息を吐《は》き出して身体を落ち着かせようとしたが、いつものようにそれは効果を発揮してくれなかった。

浴槽《よくそう》の中で膝《ひざ》に乗せられて、後ろを加賀見に弄られるのは、こういう関係になって二ヶ月経《た》ってもいまだに慣れることがない。冷静にじっと見つめられたり、涼《すず》しい顔をした加賀見にセックスの後の始末をしてもらうのはやはり恥《は》ずかしいし、それで感じてしまう自分がとてもいたたまれなかった。

明日も学校があるというときは、してもせいぜい二度だ。加賀見曰《いわ》く、そこが自制心らしいのだが、少々疑問が残るところではある。

「ま……だ……？」

「もう少しね」

のぼせないようにと、お湯は郁海の腰《こし》までも入っていない。だから余計にいやらしい音が響いて仕方ないのだ。

中に出されたものを綺麗《きれい》にするのは、いつもかなりの時間を要する。こういうのは出した男の役目なんだと言われて、ずっとしてもらっているのだが、どうにも釈然《しゃくぜん》としないものが残るのも事実だった。だいたい中のものを掻き出すにしたって、妙《みょう》に時間をかけすぎてやしないだろうか。

騙《だま》されているんじゃないかと思ってはいるものの、誰《だれ》かに聞くわけにもいかないし、確かめる術《すべ》も今のところない。男同士のセックスについてのデータなんて、郁海の手の届く範囲《はんい》には見あたらないのだ。

羞恥心《しゅうちしん》と戦わなければいけない時間を何とか過ごし、加賀見の肩に大きな息を吐き出した。

シャワーで身体《からだ》が流された後、バスタブにぬるめの湯が張られる。

胸元まで温かい湯に包まれた頃、郁海は思いきって加賀見に言ってみた。

「あの、前から思ってたんですけど」

「何？」

「本当にみんな、こんなことしてるんですか？」

初めて口にする疑問に、加賀見は慌《あわ》てる様子もなく返事を寄越《よこ》した。

「自分だと、上手《うま》くできないんだよ」

いろいろと言われて、何だかよくわからないうちに「そうなのか」という気分になってきてしまう。納得《なっとく》したというよりは、させられた、というほうが正しいかもしれない。

相手は一応弁護士だということを、郁海は失念していた。

「のぼせないうちに上がりなさい」

まるで追及《ついきゅう》をさせないように、珍《めずら》しくバスルームから追い立てられた。加賀見が後から上がるのはいつものことだから、そのまますんなりと上がり、郁海は脱衣所《だつい》に出て手早くパジャマを身に着けた。

何だか少しふらふらする。ベッドからバスルームまでは加賀見に抱《だ》かれてきたからわからなかったのだが、思っていたよりもずっと足腰《あしこし》に来ているようだ。

ずっと弄られていたところは、疼《うず》くように異物感を訴《うった》えている。

当然だ、と思う。加賀見のものを受け入れて、気が遠くなるくらい擦《こす》られているんだから、そう簡単にその感触《かんしょく》がなくなるわけがない。

髪《かみ》を乾《かわ》かす前に寝室《しんしつ》へ戻《もど》り、シーツを剝《は》いだ。汚《よご》れたシーツを見ると、やはり恥ずかしくなって、郁海はことさら淡々《たんたん》と作業を進める。

替《か》えのシーツを、と思ってふと手を止めた。そういえば洗濯機《せんたくき》の中には、まだ洗っていないシーツが二枚ほどあるはずだ。何となく面倒《めんどう》だったから、ここのところ洗濯をサボっていたのだった。

まだ時間は早いし、乾燥機《かんそうき》を使えば間に合うことだが、ふと郁海は思いついてスイッチを入れると廊下《ろうか》へ出た。

それから鍵《かぎ》を手にして、玄関《げんかん》を出ていく。

加賀見の部屋に行けば洗濯済みのシーツはあるのだ。彼は自分のベッドを使わないから、それこそベッドに掛《か》かっているのを剝いだっていい。

誰に聞こえるわけでもないのにそっとキーを回し、ドアノブに手を掛ける。

中が暗いだろうことを思い出して、どうしようかと一瞬《いっしゅん》たじろいだが、ドアを開けたままにしてスイッチを入れればいいことだと思い直す。

暗闇《くらやみ》は嫌《きら》いだった。むしろ怖《こわ》いと言ったほうが正しいだろう。一人で暮らしているときからずっと郁海は一晩中明かりを点《つ》けっぱなしにしていたし、加賀見がずっと一緒《いっしょ》にいてくれる今もそれは変わらない。暗い上に狭《せま》いという条件が重なると、郁海はパニック状態になってしまうのだ。

よくなっているのかそうでないのか、確かめていないからわからない。だが中が暗いというだけでドアを開けるのを躊躇《ちゅうちょ》するくらいだから、あまり改善されてはいないのだろう。

息を吸って、吐いて、郁海は意を決してドアを引いた。

「あれ……?」

予想に反して中は明るかった。玄関だけでなく、覗《のぞ》き込んでみればリビングの明かりまで煌々《こうこう》とついているのだ。

(消し忘れたのかな……)

一度加賀見はこちらに戻ってから郁海の部屋に来るわけだから、そのときに消さずに来てしまったのだろう。

大して気にも留めず、郁海は靴《くつ》を脱《ぬ》いで上がり込んだ。

加賀見の部屋には煙草《たばこ》の匂《にお》いがした。もともと彼は喫煙者《きつえん》なのだが、郁海が嫌いだと言ってから少なくとも一緒にいるときに吸ったことはないし、郁海の部屋でも吸っていない。

(そのうち吸っていいって、言おうかな……)

好きじゃないのは確かだが、半ば反発心から煙草を嫌《いや》がったわけで、今となってはもう意味もないことである。匂いがついて、学校で咎《とが》められる……というわけじゃないのならば、別に構いはしなかった。

そんなことを考えながら、郁海はシーツが置いてある棚《たな》に手を伸《の》ばした。電話の呼び出し音が鳴り、それが留守番電話に切り替《か》わっていた。

『聞いてるか、加賀見！　こんなもんじゃ済まねぇぞ！』

男の声はそう怒鳴《どな》ったかと思うと、叩《たた》きつけるような音で電話を切った。

郁海は茫然《ぼうぜん》とし、その場に立ち尽《つ》くす。シーツへと伸ばした手もそのままだった。

（今のって……）

間違《まちが》い電話なんかじゃなかった。はっきりと男の声は「加賀見」と言ったのだ。

聞いたばかりのトラブルのことを思い出しながら、郁海はゆっくりとリビングのほうへと足を進めた。

目に飛び込んできたのは、床《ゆか》に散らばる白い紙だった。

「な……」

ファックスのトレーに収まりきらなくなった紙が床へ落ちたのだ。そして紙には内容らしきものは何も書かれていなかった。

普通《ふつう》では有り得ないことだった。

立ち尽くしているうちに玄関で物音がした。

「郁海」

落ち着いた声の加賀見が、ゆっくりとこちらに歩いてくるのが音でわかる。強張《こわば》った顔のまま振《ふ》り返る郁海の肩《かた》を軽く叩き、彼は床に散らばる紙を拾い始めた。そのしぐさはとても淡々としていて、驚愕《きょうがく》も動揺《どうよう》もないように思える。

「……これ……なんですか？」

「例の遺産相続の、バカだろうね。こんなに早く自宅の番号がバレるとは思っていなかったんで、紙を無駄《むだ》にしてしまったな」

加賀見は集めた紙を捨ててしまうと、留守電を解除して、郁海のところに戻ってきて肩に手を置いた。

きっと情けない顔をしているのだろうと思う。けれども郁海にとってこれは異常事態であり、とても加賀見のように平然とはしていられなかった。

「大丈夫《だいじょうぶ》か？」

「それは加賀見さんのほうです……！　こんな……大丈夫なんですか？」

摑《つか》みかからんばかりに問い掛けるが、加賀見のほうには深刻さのかけらもなかった。故意にそうしているのかもしれないし、本心から余裕《よゆう》を感じているのかもしれない。

だがどちらにしても郁海は安心などできなかった。

「直接どうこうする度胸はないよ」

「でも……っ」

こんなものでは済まないと、男の声は言ったのだ。無意識に視線は電話機のほうへと向けられた。

宥《なだ》めるようにして加賀見は郁海を抱き寄せる。何度も繰《く》り返して背中を緩《ゆる》やかに叩かれているうちに少し気持ちも落ち着いてきた。

「向こうに戻ろうか」

加賀見に促《うなが》されるまま郁海は歩きだした。また電話が鳴り出して、思わずびくりと足を止めてしまったが、肩を抱かれてそのまま再び足を進めた。

玄関を出ようとして、ふと気がついた。

「あ……電気」

「そのままでいい。後で消しに来るから」

「え、でも……」

誰もいないのに明かりをつけておく必要などないはずだ。問うように視線を向けると、加賀見は小さく嘆息《たんそく》した。

「つけておけば、私が部屋にいるように思えるだろう？　さすがに、まだこの時間じゃ寝《ね》るにも早いしね」

「もしかして……ずっと？」

「まぁね。いつ誰《だれ》に見られてもいいように警戒《けいかい》はしてるよ」

加賀見が毎日、一度部屋に帰ってから郁海のところへ来るのは、単に着替《きが》えのためだけではなかったのだ。明かりをつけて、カーテンを閉めて、外からはずっと部屋にいるように見せかけるためだったらしい。あるいは郁海の部屋にいることを気づかれないようにとの意味もあるのだろう。そうして郁海の知らない間に、消しに戻っていたわけだ。通路が外に面していないマンションだから、確かに十分にカモフラージュになる。

だったら加賀見が外で郁海に会おうとしない理由もそれなんだろうか。

「僕と外食しないのも……？」

「まぁ、そうだ。具体的に何かあるというわけじゃないんだよ。ただ、万が一にでも君が私のトラブルに巻き込まれては困るからね」

「加賀見さん……」

何て言ったらいいのかわからなかった。ドアからドアへと移動しながら、郁海は加賀見をじっと見つめた。

エレベーターの扉《とびら》が開いたのは、そんなときだった。

郁海が気づくより先に加賀見の舌打ちが聞こえた。彼の身体《からだ》が邪魔《じゃま》をして、郁海にはエレベーターのほうが見えなかったのだ。

「そんなとこで一体何してるわけ」

呆《あき》れたような声には覚えがあった。夕方聞いたばかりの相原の声だった。

「それより、どうしてお前がここにいるんだ。だいたいどうやって入ってきた？」

このマンションは誰でも自由に入って来られるような造りではないのだ。加賀見がこう言うからには、けっして暗証番号を教えたわけではなさそうだった。

「どうして？　心配して駆《か》けつけた人間にそういうこと言う？　ああ、そう。いや、いいんだけどね。事務所のファックスに、あんたへの脅迫《きょうはく》めいた電話が来たから気になって電話してみれば出ないし。携帯《けいたい》もつながらないし。で、何かあったんじゃないかって飛んできたんだけど、そんなの余計なお世話だよねぇ」

相原は大きな溜《た》め息をついて、靴音《くつおと》を響《ひび》かせながら近づいてきた。

ようやく郁海の目にも彼の姿が明らかになる。夕方見たときと寸分違《すんぶんたが》わぬ恰好《かっこう》で、彼はそこに立っていた。

郁海と目が合うと、彼はにっこりと笑った。

「夕方はどうもね。渡《わた》してくれてありがとう」

「いえ……」

「それで、二人してパジャマで玄関先《げんかんさき》で抱《だ》き合ってるのはどうして？」

「だ、抱き合ってなんかっ……」

郁海は慌《あわ》てて加賀見から離《はな》れようとしたが、力強い腕《うで》はしっかりと郁海の肩を抱いたまま離そうとはしなかった。

それを見て相原はやれやれと溜め息をつく。

「いくらすぐだからって、パジャマで通路に出るのはどうかなぁ……？　ああ、ちなみにさっきの質問だけど。ちょうどここの住人がエントランスに入るところだったから、一緒《いっしょ》に入ったんだよ」

なるほど、と納得《なっとく》してしまう。もっと怪《あや》しい風体だったら無理だろうが、相原はきちんとした身なりで、物腰《ものごし》も柔《やわ》らかく、人が警戒するような外見ではないのだ。

「あ、あの……どうぞ、お茶出しますから、上がってください」

「ありがとう。やっぱり可愛《かわい》いなぁ」

にこにこ笑いながら言う相原に反して、加賀見はあまり楽しそうな顔をしていなかった。明らかに先ほどまでより機嫌《きげん》が悪そうだった。

もしかしたら仲が悪いのだろうかと、つい心配になってしまう。

郁海が一番最初に入り、加賀見が最後にドアを閉めた。

「お邪魔しまーす」

相原をリビングへ通すのは加賀見に任せ、郁海はお茶の用意をするために先にキッチンに入ろうとした。そこでダイニングテーブルの上が、まったく片づいていないことに気がついた。皿に料理も残っているし、使った食器もそのままになっていたのだ。

慌てて片づけていると、相原が加賀見に連れられてやって来た。

「ふーん……美味《おい》しそうだね。郁海くんが作るの？」

「はい」

「ああ、いいねぇ。帰ったら、ご飯出来てるんだ？　で、ピチピチの可愛いハニーが待ってるんだ？　そりゃあ早く帰りたいよねぇ。毎日が楽しいよねぇ。いいなぁ、高校生だって。おまけにデザートにもなってくれちゃうんだ？」

相原の言葉に郁海はぎょっとしたが、加賀見は動じた様子もなく、むしろふんと鼻を鳴らして言った。

「羨《うらや》ましいだろう」

「どうだろ、この態度。夕食の片づけもしないで、いたいけな高校生にイケナイことするような男なのにねぇ」

郁海は目を剝《む》いて、その場で固まった。加賀見との関係はおろか、セックスしたことまで相原は知っているのだ。

茫然《ぼうぜん》としていると、相原はくすりと笑った。

「襟元《えりもと》からキスマーク見えてるよ。いかにもつけたばかり……という感じの、くっきりしたのが、いくつも」

指を差され、郁海ははっと息を飲むと慌てて襟《えり》をかき合わせた。顔が熱くなって、耳まで赤いだろうことが自分でもわかるくらいだったが、それを見ている相原や、テーブルの片づけを手伝いだした加賀見は、まったく平然としたものだ。

最初に口を開いたのは相原だった。

「新鮮《しんせん》な反応だなぁ」

溜め息まじりに呟《つぶや》いたかと思うと、彼は視線を加賀見に移した。視線の先で、加賀見は軽く肩《かた》を竦《すく》めた。

言い訳をしようという気配もない。

「身体、大丈夫《だいじょうぶ》？　別にお茶なんて加賀見に任せていいんだよ」

「だ、大丈……あつっ……」

我に返って急いで電気ポットからお湯を出そうとした郁海は、次の瞬間《しゅんかん》に思わず悲鳴を上げていた。

動揺《どうよう》していたせいか手元が狂《くる》ってしまい、湯飲み茶碗《ぢゃわん》の縁《ふち》で熱湯が跳《は》ねたのだ。茶碗を落とさなかったのは上出来だった。

即座《そくざ》に反応したのは加賀見で、ものも言わずに郁海の手を摑《つか》み、蛇口《じゃぐち》の下へと持って行く。

郁海は冷たい流水に思わず顔をしかめるが、それよりも一緒になって水を浴びている加賀見の手を気にしてしまう。彼は痺《しび》れるような水に触《ふ》れる必要なんてないのだ。

「あの、手……」

「痛むのか？」

「じゃなくて、大丈夫です。ほんのちょっとだったし」

これが油だったらともかく、ポットのお湯なのだ。熱湯といっても、ケトルで沸《わ》かしたもの

より温度は低いはずだ。

「あー、はいはい。どうもご馳走様《ちそうさま》」

リビングからそんな声が聞こえたかと思うと、相原は大げさに溜め息をついてソファに身体を預けた。

「薬をつけておいで。救急箱に軟膏《なんこう》か何か入ってるだろう」

「そんな大げさな……」

「いいから」

加賀見に押し出されるようにしてキッチンから出た郁海は、仕方なく廊下《ろうか》の収納から救急箱を取りだした。じっと見てもそんなに赤くもなっていないし、ひりひりする痛みもなかった。水で冷たくなってしまって半ば感覚がないのかもしれない。

言われた通りに軟膏を塗《ぬ》って戻《もど》ると、お茶の用意が出来ていた。夕食のときに急須《きゅうす》に入れた玄米茶《げんまいちゃ》をそのまま使ったらしい。郁海が湯飲みを温めようとしていたのに、加賀見はそれをしなかったらしく、何だか妙《みょう》にぬるいお茶だった。

加賀見は郁海を呼んで、肩を抱きながら隣《となり》に座らせた。

今さら取り繕《つくろ》っても無駄《むだ》だ。人前でベタベタする趣味《しゅみ》はないが、この程度ならば許容範囲《はんい》である。

加賀見のいれたお茶を一口飲んだ相原は露骨《ろこつ》に嫌《いや》そうな顔をした。

「これって嫌がらせなのかな？」

「歓迎《かんげい》の度合いを表してみたんだが？」

「それは失礼。まさか高校生相手に、ウィークデーから盛ってるとは思わなかったものでね。いや、本当にびっくりしたよ」

にこにこと笑いながら相原は毒を吐《は》いているが、加賀見は涼《すず》しい顔でそれを聞き流している。むしろ郁海のほうがうろたえてしまった。

それにしても、相原の態度は自然である。男同士だというのに嫌悪《けんお》の色は見えないし、それどころか普通《ふつう》にからかってくる。それが彼の価値観によるものなのか、あるいは見せないだけなのかはわからなかったけれど。

じっと見つめている先で、相原は携帯《けいたい》電話を取りだした。指先がボタンを操作すると、間もなくして郁海のすぐ横で振動《しんどう》が起きた。加賀見の携帯電話が呼び出しを告げているのだ。

かすかな電子音と共に相原がまたボタンを押し、少しのタイムラグがあって加賀見の携帯も振動をやめた。

やれやれと相原は溜《た》め息をついた。

「これだからね。可愛い恋人《こいびと》を可愛がるのは大変結構なんですけど、そのために携帯まで切るのはどうかと思うね」

「切ってはいないだろう」

「同じだよ。窓から明かりが見えてるのに電話に出なかったら、何かあったんじゃないかって心配するのも当然だと思うけど？」

溜め息まじりの言葉に郁海は困惑《こんわく》を覚えた。窓から見えたということは、わざわざここまで様子を見に来たということだろうか。

眉《まゆ》をひそめて考え込んでいると、相原がそれに気がついてまた溜め息をついた。

「加賀見って、もしかして事務所の場所も話してないわけ？」

「あの、場所って？」

郁海はちらりと一度加賀見の顔を見てから、相原に向かって尋《たず》ねた。聞くなという素振《そぶ》りはなかったから構わないことなのだろう。

事実、あっさりと相原は言った。

「すぐ近くってわけじゃないんだけど、事務所の窓からこのマンションが見えるんだよ。ビルの十一階で、ちょうど遮《さえぎ》るものもなくてね」

もちろん初めて聞く話だった。さほど重要なことではないのかもしれないが、だからこそ言ってくれたってよかったのにと思う。

くすりと笑う声が聞こえた。

「加賀見はね、夕方になるとマンションのほうを気にして見るんだよ。ほら、冬場は日が早いだろう？　そうすると帰ってきたかどうか、すぐにわかるんだ」

「はぁ……」

「秘密主義にも困ったものだねぇ」

「別に秘密主義なんかではないんだがね」

加賀見は憮然《ぶぜん》としてそう言い放った。確かに積極的に隠《かく》そうという姿勢はなさそうだが、かといって自分から話したりはしないのだから、判断は難しいところだ。

「僕のことも言ってなかったくせに」

「当然だろう。郁海の精神衛生上、よくないと思ったんだ」

「失礼な。ねぇ？」

同意を求められて、郁海は曖昧《あいまい》な笑《え》みを浮《う》かべるしかなかった。

悪い人ではなさそうだが、苦手なタイプなのは確かだ。加賀見が一緒《いっしょ》に事務所をやっているくらいだから、それなりの人物なのだろうが、何だか信用がおけない感じがする。妙に口数が多いのも郁海にとってはマイナスポイントだった。

まさかそんなことは言えやしないけれども。

「僕はこんなに優《やさ》しくて親切な人なのに」

「郁海に嘘《うそ》を教えないでもらおうか」

「重ね重ねの暴言をどうもありがとう。当たり前のように郁海くんのことも呼び捨てにしてるし。何かこう、俺のものだぞってオーラが出てて嫌だよねぇ。まさか田中氏の前でも郁海くんを呼び捨てにしてるの？」

「まさか。一応気を遣《つか》ってるからね」

「ふーん……」

疑わしそうに相原は郁海に視線を寄越《よこ》した。

本当のところはわからなかった。加賀見が田中と話す機会はよくあるようだが、郁海と三人で会ったり話したりしたことはないからだ。そして目の前で田中との電話をしたこともない。

答えが得られないのを悟《さと》って相原は早々に引き下がっていった。

「まぁ、何でも好きになさいよ。とりあえず無事も確かめたし、まずいお茶もご馳走《ちそう》になったんで帰りましょうかね」

相原は腕時計《うでどけい》に目を落とすと、軽く膝《ひざ》を叩《たた》いて立ち上がった。長居をするつもりはなかったらしい。

加賀見の腕が、肩《かた》から離《はな》れていく。どうやら相原を見送るらしいと知って、慌《あわ》てて郁海も立ち上がろうとした。

「ああ、郁海くんはいいからね。こんなのの相手した後じゃ身体《からだ》もしんどいでしょ。君、華奢《きゃしゃ》だしね」

「な……」

どうしてこう言葉が余計なのかと思う。黙《だま》っていればノーブルな感じもするし、品の良さそうな口調なのに、言うことは妙に下世話だ。

おかげで見送りに出る気もなくなった。この男は郁海の中で、別にそういう扱《あつか》いをしなくてもいい相手なのだと決定したからだ。だからといって座って待っているのも何だから、出した湯飲みでも片づけようかとキッチンに入っていった。


「じゃ、また明日」

「ああ」

玄関《げんかん》のドアを開け、身体を半分外へ出したところで、相原は中の様子を窺《うかが》った。郁海がどこにいるかを確かめていたのだと悟ったのは、次の瞬間《しゅんかん》だった。

「ここ、見張られてたよ」

「……どんなやつだった？」

加賀見は瞬時《しゅんじ》に反応し、声をひそめた。

「さぁ、そこまでは。若そうな男だったけどね。遠かったし、人相まではわからないな。そんなに小さいほうじゃなかったけど」

「あの子をつけてたわけじゃないんだな？」

「断定はできないな。その可能性もないわけじゃない。ま、変なストーカーが出てもおかしくないかもね。かなり可愛《かわい》いし。綺麗《きれい》な顔してるね。おまけに面白《おもしろ》い反応をしてくれて、退屈《たいくつ》しない」

人の神経を逆撫《さかな》でするようなことを言って相原は笑う。だが誰《だれ》かがこのマンションを見ていたのは真面目《まじめ》な話である。もちろん他《ほか》にも住人はいるのだし、それが加賀見たちに関《かか》わってきているとは限らないわけだが、注意するに越《こ》したことはないだろう。

「じゃ、明日ね。可愛いのはわかるけど、ほどほどに」

「してるつもりだが？」

「どうだか」

相原は肩を竦《すく》めてエレベーターに向かって歩きだすと、振《ふ》り返ることもなく肩越《かたご》しにひらひらと手を振った。

加賀見は玄関のドアを閉めて、きっちりとロックをした。

リビングへ戻《もど》るまでの短い間に考えを巡《めぐ》らせる。冗談《じょうだん》めかして言っていたが、相原の言うことは可能性としてないわけじゃない。もちろん加賀見のトラブルで、ここを見張っていたというほうが大いに有り得るわけだが、そうした場合の問題は郁海との繋《つな》がりが知られているかいないかだ。

（相原に限って、つけられて気がつかないということはないだろうし……）

そもそもトラブルになっている遺産相続の件に相原は無関係だ。事務所はそれぞれ独立したものだし、相原が対応に出ていったという事実もない。

ソファに戻ると、キッチンから出てきた郁海は物言いたげな顔をして隣《となり》にやってきた。視線で促《うなが》すと、彼は溜め息まじりに口を開く。

「相原さんに、教えてたんですか？」

「恋人だってことかな？」

「そうです」

いろいろと相原が余計なことを口走ってくれたおかげで、郁海はずいぶんとショックを受けていたようだった。それは見ていてわかった。

「特に言ってはいないよ。もちろん君のことは知っていたし、私が隣に越したことも知っていたが……」

「でも……」

「私は教えていないが、気がついていたのは確かだろうな」

だからといって、今まで相原がそんな話を振ってきたこともない。あれほど突《つっ》き回してくるとは、加賀見としても意外だったのだ。

郁海は大きな溜《た》め息をついた。

「相原は苦手か？」

「少し……。でも嫌《きら》いとかいうんじゃないんです。ただちょっと……馴染《なじ》めそうもないかなって思って」

「まぁ、そうだろうね」

郁海の性格ならば無理もない。こんなに若いのに彼はやけに堅《かた》いところがあって、加賀見が見る限り感心するほど真面目で融通《ゆうずう》がきかない。加賀見に反発していたのも、弁護士らしからぬ態度に納得《なっとく》できなかったせいもあった。

ましてあの相原である。そうそう郁海が馴染めるわけがない。

「君はスクウェアだからな」

「……そんなに尖《とが》ってますか？」

「前ほどじゃないと思うがね。ただ丸くなったというほどでもないな。もっと肩の力を抜《ぬ》けばいいんだが……」

軽く肩を叩いてやると、とりあえずふっと息を吐《は》き出した。本人はそのあたりの自覚をしていないのだ。

「上手《うま》くできないんです。気楽にやるとか、羽目を外すとか……そういうのって、何だか怖《こわ》くてできない」

「無理してやることはないよ。ただ、気張らなくてもいいんじゃないかな」

いい子であらねばと、あるいは手間の掛《か》からない存在であらねばと、郁海は常に気を張っているところがある。

進学校へ行きたいと言い出したのも、将来を考えてのことだった。具体的にビジョンがあるわけではないらしいが、とりあえず優秀《ゆうしゅう》な成績を取っておいて、選択肢《せんたくし》を広げたいようだ。いい大学へ行って、いいところへ就職する……というのが、最も考えやすいコースだが、それはあまり郁海に向いていないような気がしてならない。

さすがに本人には言えないことだった。目標に向かっている高校生に、そんな無粋《ぶすい》なことは言えなかった。

「僕、気張ってますか？」

「割とね。まぁ、羽目は外してるからいいんじゃないか」

「え？」

「こんな年上の男の恋人《こいびと》がいて、明日も学校だっていうのにセックスしてるんだからね。真面目なだけじゃないだろう？」

加賀見の言葉はとても郁海を納得させられるものではなかったようだが、とりあえず反論はしてこなかった。

撫《な》でるようにして頭を抱《だ》き寄《よ》せながら、加賀見は静かに問い掛ける。肝心《かんじん》なことを聞かなくては、このまま眠《ねむ》るわけにもいかない。

「最近、何か変わったことはなかったか？」

「たとえば、マンションの周りで不審《ふしん》な人物を見かけたり……」

「はい？」

「いえ……」

郁海はかぶりを振りながら不安そうな顔をした。加賀見の部屋で見た嫌《いや》がらせのことを思い出しているのだろう。

学校からの道は、常に人通りの絶えない道ばかりだ。暗くなってから帰宅することもまずないし、そのあたりは心配しなくてよさそうだった。小さな子供のように、知らない人についていくようなこともあるまい。

「もし遅《おそ》くなるようなことがあったら連絡《れんらく》しなさい。念のためにね」

「はい」

神妙《しんみょう》な顔を見つめながら、加賀見は溜め息まじりに続けた。

「そういうわけだから、当分外で会うのはなしだ」

一方的な宣言に、郁海は不満そうな顔をした。仕方がないとわかってはいるが、感情はそうじゃないということだった。

だが現状では仕方がない。不審者の正体が判明するまでは、郁海がどう言おうと警戒《けいかい》をやめる気はなかった。

4

二つあるエレベーターのうち、早く来たほうに加賀見は乗り込んだ。

都心の一等地にある十一階建てのビルは、けっして小さなものでもなく、フロアによってはテナントが四つ入っているところもある。

だが加賀見が事務所を置く十一階のフロアは、二つのテナントが入っているのみだ。一つは加賀見、もう一つは相原の事務所だった。

普通《ふつう》だったらこの年でこういう事務所の構え方はできないだろうが、ビルの持ち主が自分自身となれば話は別だ。

ここは亡《な》き母親の家から、加賀見が相続したものなのだ。立地がいいこともあってテナントは常に埋《う》まっていて、おかげで仕事をしなくても十分なほどの高収入はある。だからといって遊んで暮らそうという気はなかった。

事務所に入り、まずはパソコンのスイッチをいれる。

彼には決まった出勤時間というものがない。法律相談を受けるわけでもないし、フリーの依《い》頼《らい》者が来るわけでもないので、そのあたりは自由だった。

パソコンが立ち上がるか立ち上がらないかのうちに、会議室のほうから女の子が現れた。相原の秘書だ。もっとも秘書というのは相原が定義しただけのもので、実際は事務員というところである。

梨本友実《なしもとゆみ》という名の彼女は、実は相原の母方の従妹《いとこ》だった。二十五歳になったばかりで、一見してふんわりとした雰囲気《ふんいき》の美人なのだが、中身はさすがに相原の従妹だけあって、なかなかどうして侮《あなど》れない。

クリーム色の甘口スーツを着た友実は、にっこりと笑いながら手に小さな紙袋《かみぶくろ》を持って近づいてきた。

「おはようございます」

「ああ」

「どうぞ。郵便受けからあふれかえっていたので回収しておきました」

差し出された紙袋の中には、加賀見への罵詈雑言《ばりぞうごん》や中傷めいたことの書かれた紙が大量に入っていた。投石したところで十一階までは届かないし、夜中は入り口が開いていないから入ってこられないしで、こんな手段しか思いつかなかったようだ。

「捨てます？」

「頼《たの》む。しかし、この手間暇《てまひま》をもっと別のことに向けられないものかな」

「それはやった人に言ってください。お茶いれますね」

友実は顔に似合わぬてきぱきとした仕草で加賀見のためにコーヒーをいれると、電話の子機を二つ持って相原の事務所のほうに戻《もど》っていった。二つの事務所の電話を受けるのは彼女の役目なのだ。

加賀見は携帯《けいたい》電話を手に取り、ボタンを押した。

表示された名前は〈田中〉である。呼び出しは三回ほどで、声が聞こえてきた。

『はい』

「おはようございます。先日の調査の件で……と思ったんですが、その前に気になることがあるのでお話ししておきます」

『聞こうか』

田中は鷹揚《おうよう》に構えて加賀見の言葉を待つ姿勢を見せた。

簡潔に、それでいて漏《も》れがないように加賀見は相原が見たという男のことと、現在の状況《じょうきょう》を話して聞かせた。

「ま、現段階ではまだ何とも言えませんが……」

『郁海は大丈夫《だいじょうぶ》なんだろうね』

声が少し尖《とが》って、明らかに余裕《よゆう》をなくしているのがわかる。先ほどまでの落ち着きなど影《かげ》もなかった。

どうやら父性愛に目覚めたというのは本当らしい。物珍《ものめずら》しさから親子ごっこをしているのかもしれないと思っていたが、この反応を見る限りではそうでもなさそうだ。あるいは最初はごっこだったものが本当になったのかもしれない。

「拉致《らち》を敢行《かんこう》するほど人通りは少なくない道ですし、声を掛《か》けられてのこのこついていくような子でもないでしょう」

『しかし……』

「郁海くんに危害を加えてメリットを得る人間はいませんよ。私との繋《つな》がりも、知られていないはずですしね」

そのために加賀見は細心の注意を払《はら》っている。傍《はた》から見たら、加賀見と郁海はただのお隣《となり》さんなのだ。

『自信はあると受け取っていいのかな』

「どうぞ」

『ああ、そうだね。隣に住んでいるんだから、そうでなくては困る。父親の前から堂々と息子《むすこ》をさらっていったからには、生半可な覚悟《かくご》ではないだろうしね』

田中は今日も皮肉を口にする。彼の言う「さらっていった」ときからずっと、言葉を交《か》わす機会があればいつもこれだ。彼の知らないところで、加賀見が隣の部屋を手に入れて越《こ》したことも気に食わないようだった。

「その通りですよ。心配でしたら、護衛をつけたらいかがですか。郁海くんにわからないように、こっそりとね」

『検討しておくよ』

「では、報告に入らせていただきます。顧客《こきゃく》データの流出の件ですが、やはり井手京司《いできょうじ》で間違《まちが》いないようです。裏をとりました」

『そうか』

「今日中に持っていきますよ。お忙《いそが》しいでしょうが、森尾さんは残っていますよね」

『いや……今日は休みでね』

田中は言葉を濁《にご》して、別の人間の名前を挙げた。

わざわざ尋《たず》ねるまでもなく事情は飲み込める。おそらく、関係がこじれてしまったのだ。向こうが愛想を尽《つ》かしたのかもしれないし、田中が他《ほか》に目移りしたのかもしれない。いずれにしても、以前のような関係ではないのだろう。

「ああ、そうですか」

また厄介《やっかい》なことを押しつけられるのが嫌《いや》で、そっけなく返した。いくら仕事でも、男女のことに関《かか》わるのは好きじゃない。ましてたいていの場合、相手の女はひどく感情的になっているのだ。

どうしてもっと上手《うま》くやれないのかと思いながらも、それを口にすることはなく加賀見はだいたいの時間を告げると、また皮肉が飛び出してこないうちに電話を切った。

今回の件を田中は表沙汰《おもてざた》にはしない方針だ。記事になることを嫌《きら》っているからだ。密《ひそ》かに井手本人に証拠《しょうこ》を見せ、辞職させることを目的としている。

証拠となるものを届けてしまえば、後は加賀見の知ったことではなかった。そもそも内部に監査室《かんさ》があるのだから、本当ならそちらに任せてしまえばいいことなのだ。

メールのチェックをしていると、事務所の電話が鳴った。それから間もなくして、友実がメモを手にやって来た。

「損保会社の方からお電話でした。加賀見さんに替《か》わろうとしたんですけど、いいっておっしゃって。こちら、伝言です」

「ああ……ありがとう」

渡《わた》されたメモには、とある運送会社の名前と本社の住所、そして担当者の名前と電話番号が書いてある。

先日頼んだ件だった。六百坪《つぼ》近い土地を欲しがっている会社はないかと当たってもらっていたのだ。切り売りしている余裕はないし、これだけの土地となると集合住宅を建設する予定のある会社か、運送会社あたりが主なところだろうと目星を付けたわけである。方々に声を掛け、知り合いの損保調査会社の人間にも心当たりがないかと聞いていたところ、これが最初に来た話なのだった。

土地は加賀見が抱《かか》えている例の相続に絡《から》んでいる。件《くだん》の家はいろいろな不動産を持っているが、相続に当たっての現金が必要で、物納するにしても駅前などのいいところから取られていってしまっては後々困るだけだ。だが六百坪の土地は便利とは言えない場所にあり、今は駐《ちゅう》車場《しゃじょう》として多少の車が入っているに過ぎない。広すぎるので一括《いっかつ》で買い上げてくれるところは限られているのだが、黙《だま》っていたら不動産屋に買い叩《たた》かれるのが関の山だった。そこで仕方なく、加賀見はそちらの売却《ばいきゃく》にも手を貸しているのである。

ノックの音がして、すぐに扉《とびら》が開いた。今の電話のことで、相原が話を聞きたがっていることはわかっていた。

「見つかったんだって？」

「関東運送だ」

「いいじゃないか。さすがに頼《たよ》りになること」

「まだ交渉《こうしょう》してみないと何とも言えないがね」

そう言いながらも、自信がないわけじゃなかった。まだ若いといって信用されないことも多いが、話を詰《つ》めていけばいつでも最終的にはその印象を覆《くつがえ》すことができるものだ。

「坪八十万以上で売ったら、成功報酬《ほうしゅう》もらうことになってるんだろ？」

「六十万で買い叩かれそうだったんだから、それくらいは当然じゃないか。こっちだって手間も暇《ひま》も掛かってるんだ」

土地が広いだけに、売値は億単位で変わってくるのだ。叩かれて売っても不動産屋には金を取られるわけだから、向こうにとっても悪い話ではなかった。

「駐車場のほう、立ち退《の》いてもらわないとね。不動産屋がやってくれるんだろ?」

「三百万で、半年掛かるって言って来たな。そんなに待っていられるか」

「って、まさか君がやるの?」

「一ヶ月で終わらせる」

加賀見がきっぱりと言い切ると、相原は大きな溜《た》め息をついた。芝居《しばい》がかった、呆《あき》れたような態度だった。

「とうとう地上げ屋までやるわけだ」

「必要とあらばね」

「まったく今回は大忙《おおいそが》しだね。弁護士に不動産屋に地上げ屋か……」

と相原の口振《くちぶ》りは、感心しているのか呆れているのかわからなかったが、自分ではやりたくないと思っているのは確かだろう。

実際、かなり面倒《めんどう》な話だった。

「で、どうするの。嫌がらせのほうは」

「別に。あの子に害がなければどうでもいい」

「あ、そう。ま、どうせあの程度なんだしね」

相原はちらりとゴミ箱の隣に置いてある紙袋《かみぶくろ》を見やった。

まったく幼稚《ようち》でくだらないという他なかった。こちらが若造だと思ってなめてかかっているのだろうが、こちらが警察沙汰《ざた》にしたり訴《うった》えたりする可能性は考えないのだろうか。

「一ヶ月か……ちょっと大変そうだねぇ、これからしばらく」

「何とかするよ」

「郁海くんのために？」

揶揄《やゆ》するような問い掛けに、加賀見は何も答えず笑《え》みを浮《う》かべた。

最初から返事は期待していなかったのか、相原は少しつまらなそうな顔をして、自分の事務所に戻《もど》っていく。

加賀見は教えられたばかりの運送会社に電話をするために、受話器を手に取った。


ホームルームが終わると、郁海はいつも逃《に》げるようにして教室を出る。

いつまで経《た》ってもめげないクラスメイトたちは、断られるとわかっているのに相変わらず声を掛けてくるのだ。

嫌だと思っているわけではない。けれど、声を掛けてくれるのはどうにも苦手なタイプばかりで、どう対峙《たいじ》したらいいのかわからなかった。

郁海は苦手な人を相手にするときの自分の態度が、あまり誉《ほ》められたものじゃないのを自覚している。それが大人ならばある程度は寛容《かんよう》に受け止めてくれるが、同じ年頃《としごろ》だとそうもいかないだろう。つんけんした態度を取ってしまって、嫌われたくはないと思う。だったら最初から「愛想の悪いやつ」くらいに思われていたほうがましだった。

学校の勉強についていくのは、覚悟《かくご》していたより大変ではなかった。以前の学校のレベルに不満を抱いていた郁海にとって、むしろ今の状況《じょうきょう》は心地いいくらいだ。

足早に駅まで歩き、いつものように電車に乗って、鞄《かばん》の中から携帯《けいたい》電話を取りだした。マナーモードにしてある液晶《えきしょう》画面を見ると、着信があった。番号は覚えのないもので、短い間に二度ほど掛《か》かってきていた。

間違い電話だろうか。訝《いぶか》りながら電車を下りて改札を抜《ぬ》けると、少し離《はな》れたところにいた女性が目に入ってきた。

「あ……」

田中の秘書だ。名前もちゃんと覚えている。

彼女はとても神妙《しんみょう》な顔で郁海を見つめ、こちらに来るようにという意味で顎《あご》を引いた。

何かあったのかもしれない。彼女が一人で郁海の前に現れる理由など、まったく思いつかなかった。

「こんにちは。あの……どうかしたんですか？」

「いえ……社長がどうしても見せたいものがあるからって……。何度か携帯に電話をしたようなんだけど」

「あ……はい。着信はあったみたいです。でも携帯からじゃなかったので、田中さんじゃないと思ってたんです」

「そういえば、会社の電話から掛けていたかしら……」

森尾は困ったような笑みを浮かべると、マンションとは別の方向を指差した。どうやら車を停《と》めてあるらしい。

「急にどうしたんですか？」

「私にもわからないの。またあの人の気まぐれかしらね。すぐに済むようなことは言ってたけど……」

仮にも上司のことを「あの人」などとさらりと口にするあたりが、やはりただならぬ関係なのだと郁海に教えてくれる。

この程度のわがままなど、田中には珍《めずら》しくないのだろう。何を見せたいのか知らないが、行かないと拗《す》ねて後が大変そうだった。

「森尾さんも大変ですね」

彼女について歩き出しながら、郁海は溜め息をついた。

「どうしてそう思うの？」

「だって、子供みたいな人じゃないですか。仕事のときは、どうなんですか？」

　仕事はかなりできると郁海は聞いている。そもそもそれを見込まれて、田中家の養子に迎《むか》えられ、社長の椅子《いす》も譲《ゆず》られたくらいだ。ジョイフルが業界四位にまでなったのも、田中の代になってからだという。

　けれど郁海の目から見た田中というのは、そんなに凄《すご》い人物ではなかった。女遊びの後始末もつけられないくせに、奥さんもその他の女性も同じように好きだと平然と言い放つようなとんでもない男だった。

「仕事のときはすごいのよ」

「そう……ですか」

「決断力もあるし、部下の意見をちゃんと聞く柔軟《じゆうなん》さもあるわ。ワンマン社長ではないのよ。それに人を引きつける魅力《みりよく》があるの」

　そう語る森尾の視線はどこか遠くて、郁海は曖昧《あいまい》な返事しかできなかった。やはり想像ができなくて、惚《ほ》れた欲目なんじゃないかと最初は思ってしまった。だが森尾はちゃんと「仕事のときは」と限定して言った。つまり仕事じゃないときは、すごくないと冷静にわかっているのだろう。

「あの、僕のことはどのくらい知られているんですか？」

「気になる？」

　歩きながら、森尾はちらりと郁海を見やった。ここで突《つ》っ張《ぱ》ってみても仕方がないから、正直に頷《うなず》いた。

駅から道を一本裏に入ったところに、森尾の車が停まっていた。これは先日、食事のときに見たのと一緒《いっしょ》だった。

車に乗り込むと、森尾は運転席から郁海を振《ふ》り返った。

「平の社員でも知ってるわ。誰《だれ》でも知ってることだけど、誰も知らないことになってるの。もちろん名前とか、正確な年までは伝わってないみたい」

安心したというのが正直な気持ちだった。直接会うことなんてないだろうが、一方的に自分の名前が知られているというのは、あまり気持ちがいいものではなかった。

森尾はじっと郁海の顔を見て、物言いたげな顔をした。

「何ですか？」

「郁海くんて、ちょっと面白《おもしろ》い子だなと思って」

「僕が……？　え、あの……どこがですか？」

「何も欲しがらないって、社長がよくこぼしてたわ。欲のない子だって。確かにそうよね。ジョイフル社長の一人息子《むすこ》だってわかったら、もっと打算が働きそうなのに……。将来もジョイフルに関《かか》わるのは絶対に嫌《いや》、って言ってるんですって？」

どうも話は筒抜《つつぬ》けらしい。べらべらと喋《しゃべ》るのもどうかと思うが、愛人に息子のことで愚痴《ぐち》をこぼす男というのもどうかと思う。

溜《た》め息をつくしかなかった。

森尾はくすりと笑った。

「最近は、ずっと君の話ばっかりだったわ」

「はぁ……」

何だか申し訳ない気分だった。もちろん郁海がそう思ういわれなどないのだが……。

「ただの子煩悩《こぼんのう》な親父《おやじ》ね。親バカって言ってもいいのかも」

「それは違《ちが》うと思いますけど……。あの人はたぶん、新しいオモチャが物珍《ものめずら》しくて仕方ないんですよ」

「ずいぶん卑屈《ひくつ》なこと言うのね」

「卑屈なんじゃなくて、冷静なんです」

引き取られてからの三年以上と、これまでの経緯《けいい》を考えたら、どうしてもそうなってしまうのだ。しっかりと植え付けられてしまって、なかなか思い通りに変えられない思考のパターンになっていた。

「そうかしら。きっかけはどうか知らないけど、あの人はちゃんと郁海くんのお父さんをやってるわ。やりたくて仕方なくて頑張《がんば》ってる……って程度かもしれないけど。とにかく、君のこと可愛《かわい》くて仕方ないのは本当よ」

大きな目でじっと見つめられたままこんなことを言われるのはどうにも恥《は》ずかしい。けれども、同時に嬉《うれ》しくもあった。加賀見以外の人間が、郁海に対する田中の様子を話してくれるのは初めてだったのだ。

必要以上に否定的になることはないのだろうかという気にもなってくる。

「ありがとう……ございます」

「お礼を言われると困っちゃうな」

森尾は苦笑しながら溜め息をついた。

きょとんとして見つめる郁海に向かって、森尾は「ごめんね」と呟《つぶや》いた。

まったく意味がわからなかった。郁海がその言葉の意味を理解したのは、もっと後のことだった。

5

加賀見は時計を睨《にら》み付けて、手にした携帯《けいたい》電話のボタンを押した。

時間は午後八時。だが郁海の姿はマンションのどこにもなかった。そして郁海の携帯も繋《つな》がらない。

遅《おそ》くなるとか、どこかへ行くという連絡《れんらく》はなかった。そして帰ってきたという形跡《けいせき》もない。

郁海は下校途中《とちゅう》で姿を消してしまったということだった。

高校生が八時に帰宅しないくらいで騒《さわ》ぐこともないはずだ。しかし郁海に限って連絡しないということはないだろうし、先日このマンションを見張っていたという男のことが気になった。

あれがもし、マンションではなく郁海を見ていたのだとしたら……。

ひやりと背中が寒くなるのを感じながら、加賀見は電話の相手に挨拶《あいさつ》もなく言った。

「郁海くんが、そちらに行っているということはないですか」

『……どういうことかな』

「帰ってこないんですよ。携帯も繋がりません。学校の友達と遊びに行っているならいいんですが、その可能性はほとんどないと思います。今のところ、事故にあったという連絡もありません」

『何か事件に巻き込まれたということか？』

田中の声はいつもよりずっと低かった。取り乱すようなことはないが、それは動揺《どうよう》を抑え込んでのことだとわかる。

加賀見と一緒だった。

「その可能性は否定できませんね」

『君のせいじゃないのか？』

田中は冷ややかに言った。

そう責められるのは予想の範囲内《はんい》だ。加賀見自身、真っ先にその可能性を考えたくらいだった。仕事のトラブルに郁海が巻き込まれたというのは、郁海自身への歪《ゆが》んだ好意や執着《しゅうちゃく》で自由を奪《うば》われるのと同じくらい有り得《う》ると思った。

そう、後者の可能性も否定できない。もちろん田中絡《がら》みも考えられるが、加賀見がトラブルを抱《かか》えているのは確かなのだ。営利誘拐《ゆうかい》ならば要求はあるはずだから、まずは加賀見のほうの確認だ。

「今から探しに出ます。私に嫌がらせをしてきた相手の様子を見てきますから、社長は学校からここまでの足取りを追わせてください」

加賀見は一方的に言って電話を切った。あいにくと身体《からだ》は一つしかないので、もう一つの可能性については、田中の配下の人間に任せるしかない。

コートを摑《つか》んで外へ出た。外気は刺《さ》すように冷たくて、思わず顔をしかめたくなる。いるはずの郁海がいないという事実が、さらに寒さを感じさせているのかもしれなかった。

一方的に電話を切ったが、田中からの電話が鳴ることはなかった。彼は今頃、動かせるだけの人間を動かして、郁海の捜索《そうさく》に当たらせているに違《ちが》いなかった。わざわざ加賀見に嫌味《いやみ》を言う余裕《よゆう》などもないのだろう。

だが言われても仕方がなかった。甘く見ていて、むざむざと郁海をトラブルに巻き込んでしまった可能性は否定できない。

加賀見は自分を責めながら、車のドアに手を掛《か》けた。

突然《とつぜん》、訪ねていった加賀見を、先方は当然のことながら歓迎《かんげい》しなかった。露骨《ろこつ》に嫌そうな顔をされたし態度も取られた。妙《みょう》におどおどした、そしてそれを隠《かく》すような攻撃《こうげき》的な態度は、今までの嫌がらせのことを考えれば自然に思えた。

加賀見は相続の話を持ち出しながら、注意深く相手の様子を窺《うかが》った。

陰湿《いんしつ》そうな目をした、加賀見よりは少し若い男が認知された外の子供だ。隣《となり》には彼の母親もいて、息子の怒鳴《どな》り声におどおどしながら、ときおり救いを求めるようにして加賀見の顔を見てきた。

加賀見の依頼主《いらい》にとって、この男は腹違《はらちが》いの兄に当たる。もちろん一緒《いっしょ》に暮らしているわけでなく、互《たが》いにそれぞれの家で育てられたという。性格はまるで違った。片や陰湿で強欲《ごうよく》、そして依頼主のほうはおっとりして呆《あき》れるほど無欲だった。

弟のほうは金に不自由したことがないあまりに、黙《だま》っていても金は入ってくるものだという感覚がどうしても抜《ぬ》けないらしいのだ。頭ではそうじゃないとわかっているようだが、染《し》みついた感覚は払拭《ふっしょく》できず、おまけに警戒心《けいかいしん》が薄《うす》くて、騙《だま》されやすい。そして人と争うことが何より苦手ときている。腹違いの兄の言いなりだったのも当然だった。むしろよく他人である加賀見を介入《かいにゅう》させたものだと感心するほどだ。

もっとも知人たちに説得され、決心するまでの間に時間が掛かったようだから、彼にしてみれば迷った末の大決断だったわけだ。

「ああ、そうそう。最近、妙な嫌《いや》がらせを受けていましてね。警察に届けようと思っているところなんですよ」

揺《ゆ》さぶりを掛けて、相手の表情を見やる。いい年をして、一度も定職に就《つ》いたことがないという男は、顔を強張《こわば》らせながらテーブルを見つめていた。隣では母親が、怪訝《けげん》そうな顔をしていた。

「おまけに、私のごく親しい者が消息を絶ちましてね。誘拐事件じゃないかと、大騒《おおさわ》ぎになりかけているところなんです」

「ゆ……誘拐……？」

「ええ。嫌がらせの犯人と関係があるかもしれません」

「そんな……」

相手の顔を加賀見はじっくりと観察した。そこにはあからさまな動揺があったが、愕然《がくぜん》とした色も確かにあって、誘拐との関連を信じられない思いで受け止めている様子がありありと浮《う》かんでいた。

一緒にされては困るといった態度だった。

「ところで今日は何をされていました？」

あからさまに疑っているのを見せてやれば、相手は気の毒なほど動揺した。母親は大きく目を瞠《みは》り、声もなく息子《むすこ》の横顔を凝視《ぎょうし》している。

おそらくこの男は無関係だろう。加賀見に対する嫌がらせだというならば、それは手を引けという脅《おど》しが伴《ともな》うはずで、ここで顔色をなくしているだけでは意味がない。目的は明らかにしてこそなのだ。

所詮《しょせん》、嫌がらせをするのが精一杯《せいいっぱい》ということだった。いわれのないことで疑われただけで、顔色をなくすほど小心だったらしい。

その隣で母親は、きつく手を握《にぎ》りしめながら言った。

「この子は夕方、ずっと部屋におりました」

「そうですか」

「本当です」

毅然《きぜん》として見せようとする母親の言葉に、加賀見は鷹揚《おうよう》に頷《うなず》いた。本当なのかどうかは知らないが、この息子が郁海のことに関《かか》わっていないのは確かだろう。

だがこれで、加賀見への脅しや嫌がらせという線はなくなったのだ。こうなってくると田中相手の営利誘拐か、郁海自身への悪戯《いたずら》という、どちらも歓迎できない可能性が俄然《がぜん》強くなってくる。

郁海の行方《ゆくえ》どころか、目的までもがまだわからないのだ。

睨むようにコーヒーカップを見つめる加賀見に、目の前の母子は明らかに怯《おび》えていた。加賀見が自分たちのことを信用せず、すぐにでも警察に届けるのではないかという不安に襲《おそ》われている。

「あの……？」

恐《おそ》る恐る声をかけてきた母親の声に、加賀見はゆっくりと顔を上げた。

「よくわかりました。息子さんは、夕方には外へ出ていないわけですね。まぁ、肉親の証言というのは効力を持たないんですが……まだ、この場では関係ないかな」

警察の事情聴取《ちょうしゅ》や裁判をちらつかせて言うと、ますます母子の顔色は青ざめた。

嫌がらせをされたのだから、このくらいの灸《きゆう》は据《す》えてやる必要があるだろう。ささやかな報復の意味もある。

だが苛立《いらだ》っている自分を加賀見は否定できなかった。余裕があったなら、こんなことは言わなかったかもしれない。

それから視線を息子のほうへ移した。

「まぁ、まだ事件だと決まったわけではありませんし、嫌がらせのほうはもう少し様子を見てから警察に届けることにしようと思っています。夜分に突然お邪魔《じやま》して申し訳ありませんでしたね。次に来るときは、同意をいただけることを期待していますよ」

これで今度から仕事もやりやすくなるだろう。

加賀見は営業用の笑顔《えがお》で挨拶《あいさつ》すると、立ち上がることもしなかった。母親に送り出されて家を出た。

息子はソファに座り込んだまま、立ち上がることもしなかった。警察という言葉に、ようやく犯罪の自覚が芽生えたということらしい。

まったくもって手の掛かる男だった。

携帯《けいたい》電話を取りだして、液晶《えきしよう》画面を見つめる。いまだに連絡《れんらく》はなく、家の留守電を確かめてもメッセージはない。

車まで歩く間に加賀見は考えを巡《めぐ》らせた。

郁海は女の子ではないが、同じような危険にさらされる可能性は十分に考えられる。学校にそういった危ない男がいないとも言い切れないし、通学の途中《とちゅう》に誰《だれ》かが目を付けていたって不思議ではない。

それに郁海の存在はかなり知られてしまっている。ジョイフル社長に隠《かく》し子がいたことはもはや有名だし、社員もほとんどの者が知っていることだった。長者番付にも登場する田中を狙《ねら》っての営利誘拐《ゆうかい》の可能性は高い。

問題はどうやって郁海を連れていったかだ。この時間になっても何の連絡もない以上は、事件性を考えざるを得ないが、しかしながら郁海は簡単に知らない相手についていく人間ではない。わざわざ人気のない場所までついていくことも考えられないから、拉致《らち》されているならば通報されているだろう。

（顔見知りか……）

今の学校、あるいは前の学校の生徒か教師。でなければ、養父母の関係者か、以前暮らしていた界隈《かいわい》での知り合いだろうか。

（こっちでの知り合いはほとんどいないし……）

可能性を挙げていくうちに、ふと思い出して加賀見は足を止めた。

加賀見の前に〈お目付役〉は七人いる。全員がまだ田中の下で働いているが、彼らの動向は一応探《さぐ》るべきだろう。

それに少し前、郁海は秘書の森尾に会ったと言っていた。先日の田中の歯切れの悪さも気になるし、ここは確認させたほうがいい。

加賀見は車に乗り込むと、すぐに田中に電話をした。一回目のコールも半ばで、まるで飛びつきでもしたように回線は繋《つな》がった。

『何かわかったか？』

前置きも何もあったものではない。だが今はそれが当然だった。

「こちらの件は無関係らしいですよ。それより社長、今までの〈お目付役〉を調べてください。それと、森尾さんはご一緒ですか？」

『いや……』

「連絡はつきますか？」

『森尾が絡《から》んでいるのか？』

問い返されても困るのだ。可能性を思いついたというだけで加賀見は何も摑《つか》んでいないし、田中以上の事情を知らない。

「わかりません。念のために確認をと思いましてね。郁海くんが会ったことのあるそちらの関係者はすべて洗いたいんですよ。もちろんこれから私も当たってみます。とりあえず私は前任の芝崎《しばざき》を当たります」

『わかった。こちらもすぐにやろう』

今度は余計なことも言わずに電話は切れた。時間経過と共に、田中の中から余裕《よゆう》がなくなってきているのがわかる。

そう思う加賀見にしても同じだった。

冷静なつもりだったが、気ばかり焦《あせ》って肝心《かんじん》なことも見落としてしまっていた。前任者は信用がおける人物ばかりを選んだはずだが、それでも絶対ということはない。

歩きながら相原に連絡をして、手短に経過を伝えた。

「それと、バイクを回しておいてくれ」

『はいはい。どこに？』

加賀見が向かうのは前任の〈お目付役〉である芝崎の自宅だ。手帳を見ながら住所を告げて電話を切り、すぐに車をスタートさせた。


部屋の中で、誰かがうるさく喋《しゃべ》っている。

郁海はぼんやりとそう思ったが、しばらくしてそれがテレビだということに気がついた。音はずいぶんと大きいようだ。

誰かが歩いている音もするが、それは静かな足音で、気に障《さわ》るほどじゃなかった。

意識が先に覚醒《かくせい》したのに、身体《からだ》が追いついていけないような感じだ。耳も聞こえて考えごともできるのに、指先すら動かすことができない。

眠《ねむ》いわけでもないのに、どうしても起きることができないという、おかしな感覚だった。努力して目を開けようとしても、それすら上手《うま》くできない。せいぜいまつげの先が動いた程度だろう。

電話が鳴りだして、テレビの音が小さくなった。

「はい？　ええ……まだ寝《ね》てるけど」

女の人の声が聞こえてくる。それも聞き覚えがある声だ。

（……森尾さんだ……）

ようやく指先がぴくりと動いた。それをきっかけとするように、重い瞼《まぶた》が何とか持ち上がり、眩《まぶ》しさに郁海は顔をしかめた。

天井《てんじょう》が低くて、照明の白が目に痛かった。

「ちゃんと確認したわ。そんなことまで指図しないで」

ぴしゃりとした口調を聞きながら、郁海は大きく息を吐《は》く。頭の芯《しん》が鈍《にぶ》く重くて、それがなかなか抜《ぬ》けていってくれなかった。

電話は終わったらしく、話し声はテレビの遠い音だけになる。再び音量が上げられて、バラエティー番組のにぎやかさが室内に響《ひび》いた。

「大丈夫《だいじょうぶ》？」

綺麗《きれい》な顔に覗《のぞ》き込まれて、郁海はわけもわからずに頷いた。大丈夫かどうかなんて、考えもしなかった。

「ポカリ飲む？」

問われるままに頷《うなず》くと、彼女は郁海の口元にチューブを持ってきてくれた。スポーツドリンクの容器から液体を吸い上げることなんて、普段《ふだん》なら簡単にできることなのに、今は上手くできなかった。見かねて森尾が容器の腹を押してくれて、ようやく口の中にほのかな甘さが広がった。

喉《のど》が渇《かわ》いていたのだということに、水分を口にして初めて気がついた。

ほっと息をついて身体を起こそうとしたら、じゃらりと金属音が聞こえてきた。

「え……？」

右手首に銀色の輪っかが塡《はま》っているのを見て郁海は目を瞠《みは》った。刑事《けいじ》ドラマやサスペンスものでよく見る手錠《てじょう》だった。鎖《くさり》で繋がったもう一つの輪からはさらに鎖が伸《の》びていて、それがベッドの柱に括《くく》り付けられているのだ。

あまりのことに言葉が出てこなかった。

「ある程度は動けると思うから、おとなしくしててね」

そう言う森尾は郁海から少し距離《きょり》を取っていた。意識がはっきりとしてきたのを察して、万が一に備えたらしい。

部屋は細長いがそこそこ広く、バスルームらしきドアがベッドの近くにあって鎖の長さはそれにあわせてあるようだった。窓には厚いカーテンが掛《か》かっているが、そちらには届かないようである。

スイッチが入るみたいに瞬時《しゅんじ》に何もかも思い出した。起きてはいても、今まで頭はろくに動いていなかったのだ。

車に乗り込んで少し話をした後、森尾は車を少し離《はな》れた場所へと移動させた。人気のない通りには車が一台停《と》まっているだけで、通行人は誰《だれ》もいなかった。その車から出てきた若い男は、いきなり森尾の車に乗り込んできたかと思うと、郁海に薬品を嗅《か》がせた。

記憶《きおく》はそこまでしかなかった。

どう考えても郁海は拉致されてしまったらしい。そして目の前にいる女性は、あの男の仲間ということになってしまう。郁海だけが拘束《こうそく》されて、彼女が自由というのはそうとしか考えられない。まして先ほどの電話のこともある。

「どういうことですか？」

田中の秘書が、息子の拉致に手を貸すなんて理解できなかった。手を貸すどころか、首謀者《しゅぼうしゃ》の可能性だってあるのだ。

森尾は困ったように嘆息《たんそく》し、十分に離れた場所に椅子《いす》を引いて座った。

「ごめんね。ちょっとの間、ここにいてくれる？」

「もしかして脅《おど》されてるとか？」

あの男に何か弱味を握《にぎ》られて、それで手を貸すようなことになってしまったのだとしか思えなかった。

だが森尾は今度も苦笑をこぼした。

「違《ちが》うわ。そうじゃないの」

「だって森尾さんは田中さんの秘書じゃないですか……！」

それどころか愛人でもあるのだ。さすがに口に出して言うのは憚《はばか》られたけれど、言いたいことは伝わっているはずだ。

だが森尾は何も言わなかった。視線を部屋の中に漂《ただよ》わせ、やがて郁海に目を留めるとぽつぽつ口を開いた。

「元、よ。もう違うの」

「辞《や》めたってことですか……？」

「そう。今日、辞表を出してきちゃった。ついでに言うとね、プライベートのほうでも、もう付き合ってはいないの」

次々と告白をされて、郁海は目を瞠ることしかできない。田中が彼女の家に泊《と》まっていたのはつい先日のことなのに、もう関係は終わってしまったという。会社を辞めたのも、そこに関係しているのだろう。

詳《くわ》しいことはわからないし、事情を聞くつもりもないが、郁海の中で悪いのは田中になっていた。どうせあの男が不誠実なことをしたに決まっているのだ。だからといって、郁海を拉致《らち》していいというものでもないだろうが。

「あの……どうして僕を……？」

「半分は腹いせかなぁ」

のんびりとした口調で森尾は結構なことを口走った。

「だって、ひどいのよ。奥さんがいるのも子供がいるのも、私以外に女がいるのも知ってたけど、他《ほか》の女のとこに送らせるなんてあんまりじゃない。それに、そろそろ秘書を交代なんて話も出たのよ。つまり私に飽《あ》きて、若い女を持ってきたいだけなのよ」

「う……わ……」

「ね？　腹いせしたくなる気持ちわかってくれる？」

「……はい」

頷くしかなかった。確かに田中の所業はひどいと思ったからだ。田中のことだから、どうせ悪気などこれっぽっちもなくやったのだろう。よく今まで刺《さ》されなかったものだとむしろ感心してしまう。

「それは、もっともだと思います。でも、腹いせは本人に向かってやってほしかったんですけど……」

「そうよね。でも辞表出して会社を出てきたところで、ちょうど社長に要求があるって人に声を掛けられたのよ。手切れ金渡《わた》されそうになったんだけど、腹が立ってそれ叩《たた》き返して出てきたところだったのよね。すごくムシャクシャしてたし、もうどうにでもなれって感じで、こうなっちゃった」

声を掛けてきたというのは、車に乗り込んできたあの男のことだろう。すぐに気を失ってしまったからじっくりと観察したわけではないが、二十代の後半くらいの、割と地味な男だったことは覚えている。中肉中背で、髪《かみ》が少し茶色い、集団の中で埋没《まいぼつ》してしまいそうな特徴《とくちょう》のない顔だった。

要するに森尾は唆《そそのか》されて、郁海を信用させておびき出す役目と、見張りの役を引き受けてしまったのだ。

だがやはり彼女は悪い人に思えなかった。だいたい犯罪行為《こうい》だという自覚があるのかどうかも怪《あや》しいものである。そのくらいに悲壮《ひそう》感だとか深刻だとかいったものを感じない。だから郁海も落ち着いていられるのだ。

「でも、これって誘拐《ゆうかい》ですよ？　大変なことしちゃったんですよ？」

「……わかってる。誘拐なんて大罪よね。失敗したら捕《つか》まって、デカデカと新聞に載《の》っちゃうんだわ。捨てられた愛人が逆上して隠《かく》し子を誘拐……って。そうなったらもう私の人生終わりよね」

投げやりな言いぐさに、郁海は内心で慌《あわ》てた。あまり投げやりになられてしまうと、こちらも困る。投げやりついでに死なれてしまったり、郁海に危害を加えることに躊躇《ためら》いを覚えなくなったりしたらたまらない。

慌てて郁海は言った。

「終わりとは限らないじゃないですか」

「そうかしら。逮捕《たいほ》されちゃったら、もう終わりだと思うわよ。ワイドショーなんかでバンバン流されちゃって、美人秘書がどうのとか言われるのよ。あ、別に私が美人って言ってるんじゃなくて、女が犯罪に巻き込まれるとたいてい『美人』がつくことになってるから言ってるだけよ？」

「はぁ……」

生返事をしながら、郁海はじっと森尾の様子を窺《うかが》った。

大丈夫《だいじょうぶ》そうだ。これだけ言えるんだから、彼女はかなり冷静である。投げやりなのは確かだが、感情的になっていないし、妙《みょう》に余裕《よゆう》もあった。終わりだとか、失敗したらとか言いながら、その可能性を深刻に考えてはいないようだった。

「あの、ここはどこですか……？」

「それは内緒《ないしょ》。大声出しても無駄《むだ》よ。何か食べる？　おなかすいたでしょ」

森尾はそう言って立ち上がると、キッチンに入っていった。ここからは見えないが、物音だけは聞こえている。

郁海はぐるりと室内を見回して、何とか情報を得ようと試みた。

どうやら他に部屋はない一DKタイプのマンションらしい。時計の針が九時を指している他は、手がかりになりそうなものもない。

目を覚ましたら知らない場所で寝《ね》かされていたなんて、まるで加賀見に別荘《べっそう》へ連れられていったときのようだ。違うのは拘束を受けていることだった。あのときは軟禁《なんきん》であり、今は監禁《かんきん》なのだ。

やがて森尾はサンドイッチとパックのジュースを持って帰ってくると、ベッドの上で所在なげに座っている郁海を見て、くすりと笑う。

「何だか……特殊《とくしゅ》な嗜好《しこう》の人が喜びそうな光景ね」

「はい？」

「だって、こんな可愛《かわい》い子が手錠《てじょう》でベッドに繋《つな》がれてるのよ？　マニアにはたまらないんじゃないかしら」

「マ、マニアって何ですか……っ」

思わず口にしてから後悔《こうかい》した。あまり詳しいことは知りたくないし、できれば想像もしたくないというのが本音だった。

「聞きたい？」

婉然《えんぜん》と微笑《ほほえ》まれて、慌てて首を横に振《ふ》った。

森尾は楽しげに笑みをこぼしながら、ベッドサイドにサンドイッチとジュースを置いて離《はな》れていった。サンドイッチもジュースもおそらくコンビニで買ってきたままで、何かが混入されている様子もない。

もっともその心配はしていなかった。今さら何か飲ませることに意味があるとは思えなかったからだ。

郁海は溜《た》め息をつきながら、パックのジュースに手を伸《の》ばす。手錠は邪魔《じゃま》で重たいが、食べるのにそれほど不自由はなかった。

(緊張感《きんちょうかん》ないなぁ……)

たぶんにそれは森尾のせいだろう。

自分を拉致するのに協力した女性だというのに、郁海は彼女に対して好意を抱いている。やはり悪い人ではないように思えるのだ。だが郁海が無事に保護されたとき、彼女は同時に共犯として捕まってしまう。もちろんこのままは困るし、助かりたいのだが、彼女のことを考えると複雑な心境だった。

何とかならないものだろうか。

郁海は無事に戻《もど》ることができて、なおかつ森尾が犯罪者にならずに済む方法はないものだろうか。

サンドイッチに囓《かじ》りつきながら、郁海は必死に打開策を考え始めた。

（加賀見さんに聞ければいいんだけど……）

ふと思いついて、郁海は顔を上げた。

「何？」

「あの、僕の携帯《けいたい》は？」

「あるわよ。電源切ってるけど」

森尾の視線の先には、郁海の鞄《かばん》が置いてある。よくよく見れば、きちんと制服のブレザーもハンガーに掛《か》かっていた。

「電話しちゃだめですか？」

「だめ。君の無事は、今頃《いまごろ》伝わってるわ」

「それって、脅迫《きょうはく》電話を掛けたってことですか？」

「そういうことになるわね」

溜め息まじりに彼女は答えたが、溜め息をつきたいのは郁海のほうだった。果たして田中がどう反応するものか、さっぱりわからない。だが電話をしてしまったからには、今さらなかったことにはできないだろう。

「田中さんは、僕のために身代金《みのしろきん》を払《はら》うと思いますか？」

「またそんな卑屈《ひくつ》なことを言って。払うに決まってるじゃない。別に社会的な立場とか、そういう意味じゃないわよ。あの人は親として、ただ子供のために払うわよ。ここのところずっと近くで見てきた私がいうんだから間違《まちが》いないわ」

断言されて、それ以上言葉は続けられなかった。

「心配しなくても、大丈夫よ。ちゃんと帰れるから」

「でも、僕は二人の顔を見たし……」

「あの人は警察沙汰《ざた》にはしないわ。だから心配しないで」

きっぱりと言い切る森尾の顔を、郁海は問うようにじっと見つめた。

それとなく当たってみた芝崎の態度は、どこにも不自然なところはなかった。もともと隠《かく》していても感情が顔に出るようなタイプだから、探《さぐ》りを入れるのも早々に切り上げてきたところだった。

6

マンションを出ると、トランスポーターとして使っているワンボックスから下ろされたバイクが、すでに暖機されて待っていた。

運んできたのは、加賀見よりも少し若い、目つきのするどい男だった。無闇《むやみ》に攻撃《こうげき》的な気配を発しているわけでもないが、落ち着いた物腰《ものごし》の中に言い知れない迫力《はくりょく》を備えている。体格面では加賀見にやや劣《おと》るが、それでも十分に長身だ。

相原の高校の後輩《こうはい》である乾《いぬい》は、以前金銭トラブルを起こしたときに加賀見が面倒《めんどう》を見てやったことがあり、以来何かと尽《つ》くしてくれる。何かないと乗ることもないバイクの管理もしてくれているし、頼《たの》めばたいていいつでも動いてくれるのだ。

相原曰《いわ》く、「加賀見に惚《ほ》れ込んでいる」ということらしい。

「急に悪いね」

「いえ。加賀見先生にはお世話になってますから」

先生などと言われるのはどうにも据《す》わりが悪い。弁護士に対する敬称《けいしょう》として相手は当然のように口にするが、加賀見はあまりこれが好きではないのだ。だが相手にそれを言っても仕方がない。ときおり冗談《じょうだん》めかしてやめてくれと言うが、たいてい改まったりしないものだ。

加賀見はヘルメットとグローブを受け取り、コートの替《か》わりに革のブルゾンを着た。それでもこの時期にしては軽装だろう。

それから乾に礼を言い、すぐにこの場から走り去った。この時間、まだ都心部は渋滞《じゅうたい》があるから、このほうが便利なのだ。

少し走った頃《ころ》、携帯が震《ふる》えだした。

路肩《ろかた》に車を停《と》めて、ヘルメットを外すと共に携帯を手に取った。

「何か進展がありましたか？」

するとすぐに田中は言った。

『犯人がわかったよ。電話が掛かってきた』

「名乗ったんですか？」

『そうだ。ふざけた話でね。身代金を、退職金として払えと言ってきたよ。郁海の生徒手帳も送りつけてきた』

確かにその条件ならば名乗らないわけにはいかないだろう。訝《いぶか》りながらも加賀見は頭の中で今の言葉からデータを取りだした。つまり犯人はジョイフルの社員なのだ。

「大胆《だいたん》ですね。こちらが警察に届けたら、それまででしょうに」

『しないと踏《ふ》んだから実行したんだろうね。確かに、あまり表沙汰《おもてざた》にしたい話じゃない。背任で解雇《かいこ》されそうな社員が、社長の息子を誘拐《ゆうかい》したなんていうのはね』

「井手ですね」

加賀見がずっと内偵《ないてい》をし、いよいよ動かぬ証拠《しょうこ》を握《にぎ》った矢先だった。おそらく井手はその気配を察していたのだろう。

『そうだ』

「で、郁海くんは無事なんですか」

『無事だそうだ。正体を明かしたということは、退職金さえ出せば無事に帰す意思があるということだろう』

「でしょうね」

金が退職金として支払《しはら》われるならば、郁海の口を封《ふう》じる必要もない。そんなことをしたら間違いなく警察沙汰になるが、丁重《ていちょう》に扱《あつか》えば会社のために表沙汰にはならずに済む可能性が極《きわ》めて高い。そのくらいの計算はできるのだろう。

頷《うなず》きながら加賀見は尋《たず》ねた。

「森尾さんはどうでした?」

『連絡《れんらく》がとれない。マンションにも実家にもいないし、携帯も切っているらしいね。あるいは電波の届かない場所にいるか……』

「彼女について、何かわかったことはないんですか?」

『特にないんだが……ただ、郁海が若い女性と連れ立って歩いていたのを見たという者がいたそうだ』

郁海の足取りを追ったものの報告によれば、駅を出て若い女性と歩いていったという目撃《もくげき》情報があったという。とても目立つ二人連れで、印象に残ったのだと。相手の女性も若くて美人だったというし、背格好も森尾と条件が一致《いっち》するらしい。

溜《た》め息まじりに田中は言った。

『本当に彼女は嚙《か》んでいるんだろうか』

「おそらく。彼女なら、郁海くんがすんなりついていったのも頷けます。一体、森尾さんとはどうなっていたんです?」

『彼女とは別れたよ。そうしたら、辞表を叩《たた》きつけられてね。慰謝料《いしゃりょう》をと思ったんだが、バカにするなと怒鳴《どな》られた』

思わず加賀見は舌打ちした。

「捨てた、の間違いでしょう。あんたがそのうち女で身を滅《ほろ》ぼそうと何しようと私は構いませんがね、郁海を巻き込むのだけはやめてもらいましょうか」

さんざん加賀見のせいであるように言っておいてこれかと思うと、きつくなる口調を抑《おさ》えることなどできなくなる。

田中に非があるのは確かだが、誘拐したのは井手だ。今ここで言葉をぶつけたところで無意味なのはわかっていた。

さっきの母子に対するのと同じだ。加賀見は感情的になっているだけだった。

少し間を置いてから田中は言った。

『とりあえず、井手と森尾の身辺は洗わせている』

「わかりました。言いたいことは山のようにあるんですが、今はとにかく郁海の保護が先決ですからね。それに、今はあんたへの罵倒《ばとう》しかできそうもない。ところで念のための確認なんですが、社長は支払いの意思がおありなんでしょうね」

『当然だろう』

「安心しました。では、何かあったら連絡します」

加賀見は一方的に電話を切ると、バイクのタンクを叩いて大きく息を吐《は》き出した。息と一緒《いっしょ》に怒《いか》りを逃《に》がして、少しでも冷静になるように。

感情的になっていてはいけない。怒りを露《あら》わにして郁海が戻《もど》るわけじゃないのだ。今は冷静に状況《じょうきょう》を見極めて、最善を尽くさなくてはならない。

加賀見は再びバイクを流れに乗せていった。

相手が特定できて目的もわかったことで、少しは気も楽になった。金さえ支払うのならば、郁海は無事に戻ってくるはずだ。郁海を傷つけたりすれば、ことがもっと大きくなるのはわかっているだろうし、そこまで感情的な相手ではないだろう。それに森尾が噛んでいるとなれば、郁海を手荒《てあら》に扱うこともあるまい。

だがおとなしく郁海が戻ってくるのを待つ気などなかった。田中やジョイフルの金がどうなろうと知ったことではないが、少しでも早く郁海を自由にしてやりたい。

まずは森尾の交友関係だ。郁海を監禁《かんきん》するとしたら、直接コンタクトを取ってきている井手ではなく、森尾絡《がら》みの場所を選ぶ可能性が高い。

加賀見はスロットルを開けて、車の流れに戻っていった。

サンドイッチは綺麗《きれい》に平らげた。ジュースも二つ目をもらって、郁海の頭の中もかなり纏《まと》まってきた。

時間は十時。一度だけ、主犯格の男から電話があって、それによると田中に交渉《こうしょう》の電話をしたということだった。驚《おどろ》いたことに、井手というその男は堂々と正体を明かし、しかも身代金《みのしろきん》を退職金として出すように言ったという。この井手はジョイフルの社員だが、顧客名簿《こきゃくめいぼ》を売ったとして近々会社を追われることになっていたそうだ。

無事に帰れると断言したわけがやっと理解できた。

「森尾さんは、こんなことして何かメリットあるんですか？」

「お金が入るんじゃないかしら」

言いながらも、彼女はあまりそれに意味を見いだしてはいないようだった。やはり動機は田中への腹いせなのだろう。

だったら郁海に分がある。

「森尾さんは、田中さんのどこがよかったんですか？」

「急にどうしたの」

不思議そうな顔はもっともだった。郁海は話の導入として、田中のことを持ち出したにすぎないからだ。

だがそれを気取られないようにしながら、苦笑をこぼした。

「僕にとっては、よくわからない人なんです。父親って実感も、まだあんまりないし……」

「そうねぇ……まだ二ヶ月ちょっとだものね」

「秘書になってどのくらい経《た》つんですか？」

「三年かなぁ……。ちなみに、そういう関係になったのも三年前。続いたほうなのかもしれないけど……。あの人はね、手を付けたい女を秘書に持ってくるのよ。どうせ実務はちゃんとした人がいるわけだし、お飾《かざ》りって言うか……そうね、きっと常に誰《だれ》かが近くにいないとだめなのよね」

溜め息まじりの言葉の中に、その三年間が垣間見《かいまみ》えた気がした。きっと森尾の忍耐《にんたい》力ゆえに、そこまでもったということなのだろう。

容易に想像できることだった。

「だめな人ってところが、ポイントだったのかなぁ……。仕事は本当にすごくできる人だから、そのギャップを見せられちゃって、母性本能にきちゃったのかもね」

森尾は難しい顔をして自己分析《ぶんせき》をすると、気が済んだようにふっと息をついた。わかってしまえば何てことはないことだ。妙《みょう》にすっきりとした表情に見えたのは、郁海の気のせいではないだろう。

「森尾さんは美人なんだし、まだ若いんだから、もっといい男がいるんじゃ……？」

「……そうかしら」

「だって、僕が言うのもなんですけど、あの人……田中さんてろくな男じゃないですよ？　あんな人のために人生棒に振《ふ》るなんてもったいないです」

郁海はじっと森尾を見つめて言い切った。これは説得のためでもあるけれど、郁海の偽《いつわ》らざる本心でもあった。

田中は悪い男ではないと思う。けれども、ろくでもない男だとも思うのだ。

「確かに、ろくでもない男よね。ま、そんな男に引っかかった私も似たようなものだけど。おまけに誘拐犯《ゆうかい》よ」

「まだ何とかなるかもしれないじゃないですか」

「そう？」

「だって表沙汰《おもてざた》にしてなくて、お金がまだならきっと大丈夫《だいじょうぶ》ですよ。田中さんにも頼《たの》んでみるし、だいたいあの人も悪いんだし……っ」

それに加賀見もついている。いいか悪いかは別にして、彼だったら森尾の件を握《にぎ》りつぶすくらい簡単にしてくれそうな気がする。

森尾は黙《だま》り込んで、深く思考を巡《めぐ》らせていた。迷っているということは、郁海の説得に傾《かたむ》きかけているということだ。

だが困ったような顔は相変わらずだった。

「郁海くんて可愛《かわい》いなぁ」

「は……？」

「共犯なのに、こんなに心配してくれるなんて、ずいぶんお人好《ひとよ》しなのね」

「そんなことないです。だって、森尾さんは悪い人じゃないから」

いくら何でも悪意を感じたら郁海だってこんなふうには思わなかっただろう。

森尾は微苦笑《びくしよう》を浮《う》かべた。

「そうやってすぐ人にほだされちゃだめよ。付け込まれて、もっとひどい目に遭《あ》わされちゃうかもしれないわよ？」

「……気を付けます」

森尾の言葉が耳に痛い。ひどい目に遭ったとは思わないが、加賀見のときを考えると何も言えなくなる。今の状況に収まったのは郁海が加賀見を好きになったからで、そうでなければ軟《なん》禁《きん》されて強姦《ごうかん》された……というだけの悲惨《ひさん》な結果に終わっただろう。

(でも……違《ちが》うかも)

そもそも加賀見が手を出してきたのは、郁海の中の好意を感じ取ったせいかもしれない。もっともこれはそうであってほしいという願望に近いことだ。

ぼんやりと思考を巡らせていると、じっと顔を見つめていた森尾が視線を逸《そ》らした。

「もうちょっと早く改心すればよかったな……」

「え？」

「脅迫《きようはく》電話をする前にね」

時計を見て、森尾は溜《た》め息をついた。

「今からでも大丈夫ですよ」

「そうかもしれないけど……うーん、どうかしら。田中はね、ああ見えて甘い男じゃないわ。

だらしのない男だけど、こういうことに容赦《ようしゃ》はないの。表沙汰にしないってことは裏で片をつけるってことでもあるのよ。井手さんはわかってないみたいだけど……」

ひどく遠い目をして言う。森尾はいろいろと冗談《じょうだん》めかして喋《しゃべ》っていたが、本当は状況《じょうきょう》がすべて見えていたのだ。

自棄《やけ》になっているというのは、本当だったらしい。

「それに、君がよく知ってる加賀見もね」

「え、あの……」

「これでも三年、秘書やってたのよ。何回か会ったこともあるわ。郁海くんのことを任せていた弁護士……って説明されてたけど、それだけじゃないのも知ってるの」

にっこりと微笑《ほほえ》む森尾は、もしかしたらかなりできる人なのかもしれない。ただお飾りの秘書しかやらせてもらえなくて、その能力をくすぶらせていただけなのかもしれない。

何となくそう思った。

「このままだと、確かに警察に捕《つか》まってさらし者になったほうがマシかもしれないなぁ……」

呟《つぶや》きながら、森尾は立ち上がった。

「逃《に》がしてあげられたらよかったんだけど、これから井手さんが君を連れに来ることになってるの。怒《おこ》らせて下手なことになったら困るじゃない？」

「来る前に逃げちゃえば……」

郁海の言葉に、森尾は黙ってかぶりを振った。それから窓のほうへと歩いていき、カーテンを半分だけ開けてくれた。

外は真っ暗だった。とっさに思わず目を背《そむ》けてしまったくらいに、何もない暗闇《くらやみ》が広がっていた。

森尾がテレビの電源を落とすと、かすかな音が外から聞こえてきた。

波の音だった。

「海の近くの、リゾートマンションなの。あー……時間通りよ。井手さんがこっちに来るみたい。車のライトが見えるから、たぶんそう」

今からでは間に合わないという意味だ。下手な真似《まね》をして相手を逆上させたら、かえってまずいことになる。

やがて車の音が聞こえてくるほど近くになった。

「君はちゃんと戻《もど》れるわ。井手さんも、君に危害を加える気はないそうだから。それは信用してもいいと思うわ。だからおとなしくしてて」

「でも……」

「まぁ、情状酌量《しゃくりょう》をちょっと期待してるわ。きっとここで私の役目はおしまいだから」

森尾はカーテンを元のように閉めて、再びテレビをつけた。それからポケットに手を入れて小さな鍵《かぎ》を取り出すと、郁海のズボンのポケットに落とした。

問うように見上げると、綺麗《きれい》な笑顔《えがお》があった。

「手錠《てじょう》の鍵。二つあるから、一つあげる。もしものときに、使ってね」

「森尾さん……」

「元気でね、郁海くん」

「あ……あのっ、僕の携帯《けいたい》は……？」

突然《とつぜん》言うと、森尾はひどく不思議そうな顔をした。その彼女に、郁海はこれからしようとしていることを急いで説明しなければならなかった。

7

鳴りだした携帯電話に目をやったとき、加賀見は心臓が迫《せ》り上がってくるような衝撃《しょうげき》に目を瞠《みは》った。

液晶《えきしょう》には郁海の名前が表示されている。

「郁海……！」

呼びかけても返事はなかった。ただ人の話し声と、ガチャガチャという物音が聞こえてくるだけだ。

加賀見は携帯を耳に押し当てながら、静かな場所へと移動した。

『その子、どこへ連れていくつもりなの？』

女の声がする。この声には覚えがある。間違《まちが》いなく森尾だった。ならば話し掛《か》けている相手は井手だろう。

『知ってどうするんだよ』

『別にどうもしないけど。うろうろと動き回るより、ここにいたほうがいいんじゃないかと思っただけよ』

井手の声は遠いが、森尾の声はかなり近い。電話は森尾の近くにあって、郁海もこの場にいるようだった。

『口出しするな。何だよ、怖《お》じ気《け》づいたのか？　それとも捨てられた男のガキに情が移ったわけか？』

これがどういうことなのかを考えてみた。会話はこちらに聞かせるためのものではなさそうだ。だいたいその必要もない。もし井手が効果的にこちらに揺《ゆ》さぶりをかけるつもりなら、加賀見ではなく田中にかけたはずだ。

どうにも解《げ》せなかった。

『無事に戻すなら何でもいいわ』

『心配すんな。俺だって、そこまでヤバイことするつもりはねぇよ。ほら、立ちな。痛い目みたくなかったら騒《さわ》ぐんじゃねぇぞ』

脅《おど》しを口にしているのは常套手段《じょうとうしゅだん》として、基本的に危害を加えるつもりがないのは本当のようだ。

井手の声はかなり近くなっていて、森尾との距離《きょり》が縮まっていることがわかった。バタンとドアの閉じる音がして、靴音《くつおと》がかつかつと響《ひび》く。

通路へ出たのだ。ビルかマンションの一室にいたのかもしれない。

やがてその靴音もやみ、車のドアが開く音がした。

『鞄《かばん》、ここに置いておくわ』

言葉の途中《とちゅう》で森尾の声は小さくなる。携帯電話は郁海の鞄に入っていて、それを今まで彼女が持っていたわけだ。

それからすぐにドアは閉じられて、エンジンの音が聞こえだした。同時にラジオの音も聞こえ始めた。ボリュームはかなり大きめだった。

会話はそれきりなくなった。どうやら走りだしたようだが、どこへ向かっているのかもわからない。

(GPSだったらな……)

早々に替《か》えさせておけばよかったと後悔《こうかい》したとき、携帯電話にキャッチホンが入った。だが切り替《か》えることなく、加賀見は向こうの音を聞き続ける。耳を離したその瞬間《しゅんかん》に、手がかりとなる情報を逃《のが》すことも考えられたからだ。

携帯電話を耳に当てながら、何とか公衆電話を探して田中に掛けた。今、電話を無視できないのは田中と相原くらいなのだ。

『たった今、森尾から電話があった』

回線が繋《つな》がるや否《いな》や、田中は言った。寸前まで井手と話していたことを考えると、別れてすぐに田中に電話をしたということになる。

「何て言ってました」

『今まで郁海と一緒《いっしょ》に、館山《たてやま》のリゾートマンションにいたそうだ。井手が来て、郁海を連れて行ったと言ってる』

「そうでしょうね」

『郁海の電話はまだ繋がっているか？』

「ええ」

多くを言われなくてもそれで合点がいった。郁海とそういう話になったか、森尾が一人で判断したかして、繋げた携帯を鞄に入れて車に乗せたのだ。

『リゾートマンションの場所を言う。ここは森尾の知人のマンションだそうだ。郁海は縛《しば》られてはいるが、意識はある状態らしい』

田中は手短に、地名と井手の車の種類と色、そしてナンバーを言った。すでに人を房総《ぼうそう》方面に向かわせ、主要な道路を押さえさせることになっているようだ。

郁海を別の場所へ移そうとしたのは、足がつくことを恐《おそ》れたからだろう。井手にとってもっといい場所が見つかったということでもある。

「私もそちらに向かいます」

『頼《たの》む。金は惜《お》しくないが、このまま済ませるわけにはいかないのでね』

「わかりますよ」

加賀見だって同じである。田中に直接何かをするならばともかく、郁海を巻き込んだことは捨てておけなかった。森尾の扱《あつか》いをどうするかはまだ未定としても、井手にはそれなりの礼をしなくてはならないだろう。

ふいに携帯から声が聞こえてきて、加賀見は田中のほうの電話を切った。

『どこに行くんですか？』

郁海の声だ。意外なほどしっかりとしていて、怯《おび》えた様子もない。そのまま動かずに、耳をそばだてた。

『新しい隠《かく》れ場所だよ。いいか、騒ぐんじゃねぇよ。おとなしくしてたら、怖《こわ》い思いもしないでお家《うち》に帰れるからな』

『いつ？』

『お前の親父《おやじ》が退職金をくれたらだ。早ければ明日だな。ぐずぐずしているようなら、一度パパに電話して、おねだりしてもらわないとな』

郁海は何も答えなかった。聞こえてくるのはうるさいラジオの音ばかりだ。郁海が少しばかり騒いでも聞こえないようにしているのだろう。

やがてぽつりと、郁海が呟《つぶや》いた。

『僕をつけたりしてました？』

『ああ？　何だ、気がついてたのか』

『気のせいだと思ってたんです。それに、誰《だれ》かに見られてるような気はしてましたけど、まさか本当につけられてるとは思わなかったし……』

加賀見は舌打ちをしたい気分だった。そういうことは、すぐに言ってほしかった。変わったことはなかったかと質問までしたのに……。この点については、後でよく注意しておく必要があるだろう。

『……海、遠くなっちゃうんですか？』

また呟くように郁海は言った。

『それがどうかしたのか？』

『別に……ただ好きだから……』

気のない調子に聞こえるが、郁海が加賀見に現在地を教えようとしているのは確かだった。

『そりゃよかったな。今度も海の近くだ。東京からは遠くなるけどな』

『どこの？　そんなに遠いんですか？』

『けっこうかかるぞ。下をだらだら走ってくしかないからな。ま、高速があったって、さすがに危なくて料金所なんか通れねぇけどな』

加賀見は頭の中で地図を広げ、だいたいの位置を把握《はあく》すると、再び電話を掛けて手短に言葉を伝えた。

郁海の携帯《けいたい》の充電《じゅうでん》が切れないうちに何とか追いつきたかった。

『雨だ……』

小さな呟きを聞きながら、加賀見はバイクに戻《もど》って用意させておいたインカムを携帯電話に繋いだ。

車の屋根に当たる雨音は、さっきよりずっと大きくなっている。うるさいラジオの音と相まって、少しぐらい騒いだところで外に声がもれることもなさそうだ。

黒いガラスの向こうの景色からは、いろいろな情報が得られた。

ときどき見える看板に地名らしきものは書いてあるし、中にはここから直進何キロでどこそこへ着くというような表示もあるのだが、さすがにそれをいちいち口に出すことはできない。わざとらしいことを口にしたら、きっと不審《ふしん》がられてしまうだろう。

それに携帯の充電がいつまで持つのかわからないのだ。一切の音を消してしまっているから、すでに切れている可能性だってある。

確かめることはできなかった。鞄はすぐ横に置いてあるのだが、郁海は手錠《てじょう》で後ろ手に自由を奪《うば》われているし、その上で後部座席のシートベルトで留められてしまっている。上からコートを着せられているので、一見して腕《うで》を拘束《こうそく》されているとは思えないはずだ。

街灯や店の明かりのおかげで、郁海は何とか平常心を保つことができていた。もし山の中にでも入られてしまったら、とても落ち着いてなどいられまい。

車の中は、とても息苦しい。外の明かりが見えなかったら、きっとパニックを起こしているだろう。

「今……何時ですか？」

「十二時だよ。眠《ねむ》いなら寝《ね》てな。そのほうがこっちも都合がいい」

「別に眠くないです」

だいたい呑気《のんき》に寝ていられる状況《じょうきょう》でもない。いくら危害を加えられる可能性が低いといっても、郁海は拉致《らち》されている身だし、一緒にいるのは犯人なのだ。

「ずいぶん冷めたガキだな。普通《ふつう》、誘拐《ゆうかい》されたらもっと怯えたり、騒《さわ》いだりするもんじゃないのか？」

「そんなに子供じゃないです」

冷静に考えて、さほど危機感のある状況でないことは理解できたし、心のどこかで加賀見が来てくれるんじゃないかという根拠《こんきょ》のない確信を持っていることも大きい。

電話さえ繋がっていれば、絶対に大丈夫《だいじょうぶ》だ。

それが郁海を冷静にさせている一番の理由だった。

相変わらずラジオの音はうるさくて、外の音もよく聞こえてこないが、今はヘリが飛んでいるらしい音がかすかにしていた。

「あ……っ」

外を見ていた郁海は、思わず小さく声を上げた。目に飛び込んできた文字を見て、演技ではなく本当に反応してしまったのだ。

「どうした？」

ちょうど信号待ちをしていたときだったから、運転席から井手が不審そうに振《ふ》り返った。そうして郁海の視線を追って、窓の外に目を向ける。

そこにはありきたりの看板があるだけだ。

「マリンパーク……確かそこ、ずっと前に行ったことがある……田中さんのところに来るずっと前だけど……」

まだ小学生のときに、養父母に連れられて来た記憶《きおく》が蘇《よみがえ》る。まだ自分の出生について、何一つ疑問を感じていなかったときだ。養母の友達がいるとかで、海水浴がてら来たことがあったはずだ。

井手は納得《なっとく》したらしく、すぐに前を向いた。

「残念だったな。そっちには行かねぇよ」

動き出した車は、看板が指し示す道とは違《ちが》う方向へ走り出した。街道から逸《そ》れ、どんどんと寂《さび》しい道を進んでいく。

明かりがぽつぽつ少なくなってきた。

店は極端《きょくたん》に減り、点在する民家の明かりと街灯、そしてときどき擦《す》れ違う対向車のライトだけの明かりとなってしまった。

息苦しさがどんどんひどくなる。

車の中だということが、常にないほど郁海を圧迫《あっぱく》していた。単なる事故とはいえ、子供の頃《ころ》にトランクに閉じ込められた記憶は、車の振動《しんどう》やエンジンの音によって確実に呼び覚まされているらしかった。

今まで何度車に乗っても気にならなかったのに、町中とは比べものにならない暗さが問題らしい。

はっきりと、郁海の呼吸は乱れてきていた。

「……っは……ぁ」

呼吸が思い通りにならない。息はちゃんとしているはずなのに、目の前がくらくらして、苦しくなってくる。

「どうかしたのか？」

「暗い、とこ……だめで……」

「何だって……？」

井手は眉《まゆ》をひそめながら路肩《ろかた》に車を停《と》め、怪訝《けげん》そうに振り返った。だが明かりが乏《とぼ》しくて、互《たが》いの顔もよく見えない。外から見えることを嫌《きら》ってか、井手は車内灯をつけようとはしなかった。

井手は観察するように目を凝《こ》らして郁海を見ていた。

疑って掛《か》かっているのだ。演技をして、郁海が逃《に》げ出そうとしているんじゃないかと身構えている。

苦しさに、郁海は身体《からだ》を折るように俯《うつむ》いていた。

だから、気がつかなかった。

コツンと、ガラスを叩《たた》く音がした。郁海がはっとして顔を上げるのと、井手が振り返るのと、そして外からドアが開けられるのとはほとんど同時だった。

「な……」

「加賀見さん……」

雨の音が大きくなる。

唖然《あぜん》とする井手がもの凄《すご》い勢いで車外へと引きずり出され、そのまま地面に叩き付けられるのを、郁海は茫然《ぼうぜん》と見つめていた。

突然《とつぜん》現れた加賀見は、井手の襟首《えりくび》を摑《つか》み頭をドアに挟《はさ》んでぎりぎりと力を加える。

「ひっ……や。やめろっ……!」

頭を挟まれて井手は悲鳴を上げた。

だが加賀見は更にドアに力を加え、もがいて振り回そうとする腕を、手の甲《こう》を踏《ふ》みつけることで封《ふう》じてしまう。

暗くてよくわからないけれど、感情的になって暴力を加えているとは思えなかった。ひどく冷めた目で、悲鳴を上げてのたうつ男を見下ろしていた。それは人を傷つけることに何の躊躇《ためら》いも感じていないようにさえ思えた。

喉《のど》に絡《から》んでしまって、なかなか声が出てこない。それでも再度井手の悲鳴が上がったとき、振り絞《しぼ》るようにして郁海は言った。

「か……加賀見さん……！」

雨の音にかき消されそうな声は、それでも何とか届いたらしい。

加賀見は郁海を見て、少し困ったような顔をした。

いつのまにか見知らぬ男が数人、車の近くに寄ってきていて、それをちらりと見やった加賀見は、放り出すようにして井手から手を離《はな》した。

車通りが少ないとはいえ、車道に投げ出される彼を見て、郁海は目を瞠《みは》る。

息苦しさなんて吹《ふ》き飛んでいってしまった。

茫然と見つめている前で、井手はひきずられるようにして前方の車の中へ連れて行かれた。すぐにワンボックスカーはドアを閉じたが、ハザードランプはついたままで、動き出す気配もなかった。

男たちはどれも二十代の半ばから後半といったところで、どう見ても会社員ふうではないし、もちろん警察でもなさそうだった。誰《だれ》も彼もが一見してとても怖《こわ》そうで、井手よりも犯罪者っぼく見えた。

加賀見が後部のドアを開けて、シートベルトを外してくれる。強い雨の中にいたせいで、彼は頭からびしょ濡《ぬ》れだった。

「迎《むか》えに来たよ。学校帰りの寄り道にしては、ちょっと大事だったかな。ケガはないか?」

「は……はい」

ずっと手を後ろに回しているせいで、関節が少し痛いくらいだ。だがわざわざ訴《うった》えることでもなかった。さっきまで感じていた圧迫感《あっぱくかん》も今はなくなっている。それは単にドアが開いて密室でなくなったせいかもしれないし、加賀見の顔を見たせいかもしれない。

本当に来てくれたのだ。全身からぐずぐずと力が抜《ぬ》けていきそうだった。

彼が井手にしていたことには本当に驚《おどろ》いたけれど、それで加賀見を怖いとか嫌《いや》だとか思ったわけではなかった。

「暗いのは今は平気か?」

郁海を見つめる目はとても優《やさ》しい。郁海がよく知っている顔だった。

「大丈夫……みたいです」

加賀見はそれから腕《うで》の拘束《こうそく》を外そうとし、手錠《てじょう》を見て眉をひそめた。あまり見て気分のいいものではないようだ。

「あ、ポケットに鍵《かぎ》が入ってます。森尾さんが入れてくれて……」

「用意がいいな」

加賀見は笑いながら郁海のポケットを探《さぐ》り、小さな鍵で数時間ぶりに手を自由にしてくれた。やはり少し関節が痛かったが、それよりも今は触《ふ》れたときの加賀見の手があまりにも冷たくてぎょっとしてしまった。

そのときになって初めて、外の雨がみぞれまじりだったことに気がついた。

前の車から男が一人出てきて、加賀見に声を掛けた。外からドアが閉められたのは、話を聞かれないようにするためなのか、単に郁海が寒くないようにという配慮《はいりょ》なのか。

激しい雨の中で加賀見たちが言葉を交《か》わしあう間、郁海はそれを気遣《きづか》わしげに見つめていた。やがて男が前の車に戻《もど》っていく。

ここからでは中の様子はまったくわからない。この車と同じように、ガラスにはスモークが貼《は》られてしまっているのだ。

話を終えた加賀見は運転席に乗り込んできて、すぐに車を出した。

「あ……そうだ」

郁海は鞄《かばん》の中に手を入れて、携帯《けいたい》電話を取りだした。まだ通話中になっていたそれをようやく切って、再び鞄に戻す。

「ちゃんと繋《つな》がってたんですね」

「しっかりとね」

「確かめられなかったから心配だったんです。あ、でもすごく早いから驚きました。絶対にもっと遅《おそ》くなると思ってたんですけど……」

「ヘリで来たからね。ヘリポートまでは、かなり飛ばしたよ」

「あ……」

先ほど聞こえていたヘリの音は加賀見だったのかもしれない。そんなに頻繁《ひんぱん》に飛んでいるものでもないだろうから、きっとそうだ。

「少し前から見つけてたんだよ。跡をずっとつけてたんだ」

「そうなんですか……」

加賀見が前方から現れたように感じたのは、きっとこちらが止まっている間に追い越《こ》したからなのだろう。井手もちょうど郁海のほうを振《ふ》り返っていたから、加賀見が近づいていたことに気がつかなかったわけだ。

「よく頑張《がんば》ったね。おかげで居場所がすぐわかったよ。今度、ご褒美《ほうび》にマリンパークへ連れて行ってあげようか？」

それはとても本気の口調とは思えないほど笑《え》みを含《ふく》んでいた。

やっぱり聞かれてしまったかと、急に恥《は》ずかしくなってくる。変なことを言ってしまったものだと後悔《こうかい》した。手がかりにしようとしたわけじゃなく、あれはつい口にしてしまったことだったのだ。

「その気もないこと言わないでください」

どうせ郁海と外で一緒《いっしょ》にいる気などないくせに。

咎《とが》めるつもりはなかったのだが、まるで拗《す》ねているような言い方になってしまった。まったく子供っぽくて嫌になる。

ミラー越《ご》しに加賀見がこちらを見て表情を和《やわ》らげた。顔が見えたのは、いつの間にか明るい道に戻っていたからだと気がついた。うるさかったラジオも消されていて、今は雨音が大きく聞こえてきている。

屋根に響《ひび》く音に、郁海は加賀見が冷たい雨に晒《さら》されていたことを思い出した。

「このまま帰るんですか？」

「ああ」

「そんなっ……いくらヘリだって、風邪《かぜ》ひいちゃいますよ……！」

見ているだけでも凍《こご》えそうだ。

「ヘリはもう帰したんだ」

「余計だめです！」

郁海は運転席のシートに取りすがるようにして訴えた。いくら何でも、このまま何時間も濡れたままでいていいわけがない。

「早く着替《きが》えなきゃ。さっきの人たちに頼《たの》んで、何か服持ってきてもらうわけにはいかないん

いしね」

「彼らには別の頼みごとをしているんでね。まぁ、仕方ないな。この時間じゃ店も開いていないしね」

「だったら、どこかで……」

言いかけた途端《とたん》に、けばけばしい看板が目に飛び込んでくる。ピンク色の文字が光るそれは、明らかにラブホテルのものだ。

言葉を詰《つ》まらせていると、運転席から笑う気配がした。

「せっかくだから寄らせてもらおうかな」

もちろん冗談《じょうだん》で、これは郁海の反応を楽しもうとしているだけだ。

だがそれが一番手っ取り早いような気がして、郁海は黙《だま》っていた。とっくに十二時を回っていて今から寄れるようなところはなさそうだし、マンションまでかなり時間がかかるのでこのまま行くというわけにもいかない。いくら暖房《だんぼう》を強くしたところで、身体《からだ》と服が濡れていたら意味はあまりないことだろう。

だったらもうそれでいい。

「寄ってください」

はっきりと言うと、加賀見は意外そうに一瞬《いっしゅん》だけこちらに目をやった。

「入るとき恥ずかしくないとこだったら構わないです」

ホテルの人と顔を合わせるのはさすがに嫌だし、だいたい制服のままの郁海と加賀見がホテルに入ったら、かなりまずい印象になる。だがそうでないのなら、郁海が今考え得《う》る限りベストな場所だった。

「あまり詳《くわ》しくないんだが……」

「とにかく何でもいいですから入ってください。ほんとに風邪ひいちゃいますよ……！　肺炎《はいえん》にでもなったら大変じゃないですか」

「丈夫《じょうぶ》なほうでね。それはないと思うが……まぁ、風邪くらいはひきそうだな」

「加賀見さんっ」

いつまでも軽口を叩《たた》いているのがもどかしくなってくる。いっそハンドルを奪《うば》ってでも、そこらに入ってしまいたいほどだた。

もちろん運転などできなかったけれども。

「一番最初に見えたところでいいかな」

「はい」

それからしばらくして、加賀見は左にウィンカーを出した。

思ったより広い室内で、郁海は落ち着きなく視線を動かしていた。

加賀見はもうバスルームに入っていて、かすかな水音が聞こえてきている。間接照明によって明るすぎるということがない室内は、ヨーロッパ調でまとめられていて、女の人だったらとても喜びそうな作りだ。ベッドもクラシカルで、ヘッドの部分が真鍮《しんちゅう》の格子《こうし》状になっている可愛《かわい》らしいものだった。

だが郁海にとっては恥ずかしい限りだ。部屋が選べたなら、おそらく互《たが》いにここは避《さ》けただろう内装である。

郁海は一度はテレビをつけたが、あまり興味のない番組ばかりだったので、結局はすぐに消してしまった。

飛び込んだホテルは運良くコテージタイプになっていて、ホテルのスタッフとは顔をあわせずに済んだ。

これからセックスすると限ったわけじゃないし、今さら緊張《きんちょう》することもないのだろうけれども、こういう場所に初めて来た郁海はさっきからずっと堅《かた》くなっていた。

いつまでも制服を着ているのもどうかと思ったし、どうせ後で風呂に入るからと、バスローブに着替えてしまった。携帯電話をいじろうにも、気がついたら充電《じゅうでん》が切れていた。

仕方なく室内を見ていると、変なことばかり考えてしまって鼓動《こどう》が落ち着かない。

ここは、セックスという目的のためにあるホテルだ。つまりはそのための空間で、そこにあるベッドでは、今まで何人もの人たちがそういうことをしてきたわけだ。

ぼんやりと考え事をしているうちに水音が止まり、ドアの音がする。それから間もなくして、加賀見がバスローブに身を包んで部屋に戻ってきた。

「えーと……温まりました?」

「おかげさまでね」

「何か……面白《おもしろ》いですね。電子レンジがあると思ったら、冷蔵庫に冷凍食品《れいとうしょくひん》が入ってました。グラタンか何か食べますか?」

「いや、今はいいよ」

加賀見はタオルで髪《かみ》を拭《ふ》きながら、ソファに座る郁海の隣《となり》に座った。二人掛《が》けだから、どうしても距離《きょり》は近くなる。

嗅《か》ぎ慣れないシャンプーの匂《にお》いがした。

「あの、いくつか聞きたいことがあるんですけど」

「何かな」

「さっきの人たちは、田中さんの部下の人じゃないですよね……?」

「私の知り合いの知り合い……という感じかな。社長の部下たちじゃ、とても間に合わなかったんでね」

やはりそうかと郁海は頷《うなず》く。明確な根拠《こんきょ》があったわけではないのだが、何となく雰囲気《ふんいき》が違《ちが》うと思っていたのだ。

「井手さんのことはどうするんですか？　あと、森尾さんも。あの、森尾さんは田中さんのことでちょっと自棄《やけ》になってて、出来心っていうか、ちゃんと僕のことも逃《に》がそうみたいなことにはなってたんです。ただちょうど井手さんが来ちゃったんで、それで怒《おこ》らせたらまずいかなってことになって……」

彼女がきつい責任追及《ついきゅう》をされないように、郁海は必死になって弁護した。郁海に対してどれだけ扱《あつか》いがよかったかとか、彼女のおかげで自分は冷静でいられたのだとか、いろいろと説明する間、加賀見はほとんど口を挟《はさ》まなかった。

黙って聞いてる加賀見の表情は、お世辞にも機嫌《きげん》がよさそうに見えなくて、郁海はますます饒舌《じょうぜつ》になってしまった。

やがて、加賀見はぽつりと言った。

「まぁ、彼女のことは心配ないだろうね」

「本当ですか？」

「社長に電話を掛けて、知っていることを全部教えたようだし……」

「よかった」

心底ほっとして、郁海はふわりと笑顔《えがお》を見せた。

「意外にフェミニストなんだな」

「はい？」

郁海はきょとんとして加賀見の顔を見つめた。郁海こそその言葉が意外で、誰《だれ》のことを言っているのかわからなかった。

「今回の森尾といい、蓉子夫人といい……結構な目に遭《あ》わされた割には、相手に妙《みょう》に同情的だからね」

「ああ……それは、二人とも可哀相《かわいそう》な目にあったわけだから」

だからといって犯罪行為《こうい》に走っていいというわけではないが、二人とも郁海を傷つけまいとはしていたわけで、諸々《もろもろ》の事情を考えるとどうしても恨《うら》む気になれないのだ。甘いと言われればその通りかもしれない。

「別に女の人だからどうってことじゃないですよ」

「そうだな。井手のことも気にしていたようだしね」

「だって……」

森尾のことは、彼女の人柄《ひとがら》のこともあって気がかりだったが、井手のことも別の意味で気になっている。あんなふうに連れられていった井手が、一体どうなるのかは想像ができなかった。深く考えるのは怖《こわ》いような気もした。

「君は驚《おどろ》くくらい寛容《かんよう》な子だよ」

「そうですか……？」

森尾にも似たようなことを言われてしまった。

だが言われてもピンと来なかった。郁海の中では、どれもが深く怒ったり恨んだりすることじゃないだけだ。今回だって、井手は何もひどいことはしなかった。だから危険も感じなかったし、恐怖感《きょうふかん》もほとんどなかったのだ。

加賀見は笑みを見せながら、ことさら軽い口調で言う。

「井手には少し灸《きゅう》を据《す》えようと思って彼らに預けた。警察沙汰《ざた》にはしないわけだし、そのままなかったことにするわけにはいかないだろう。二度とバカなことを考えないようにする必要もあるしね」

「どうやって？」

「それは君が知らなくていいことだよ」

言いながら加賀見の唇《くちびる》が郁海の髪に寄せられる。

これ以上の質問は無意味だろう。いくら聞いたところで、加賀見は絶対に教えてくれないに決まっている。

「加賀見さんて……ヤバイ人なんですか？」

本人は否定するけれども、郁海には加賀見がまともな弁護士だとは思えなかった。悪徳弁護士とか非行弁護士とか、一体どういう言葉がぴったりと当てはまるかは知らないが、少なくとも正義の弁護士では絶対にないのだ。

だが加賀見はひどく意外そうに言った。

「どうして？」

「だって……さっきも、ちょっと怖かったし……」

あまりにも淡々《たんたん》と井手を痛めつけていたのが郁海にとっては衝撃《しょうげき》だった。もっと感情的になっていたならば、焦《あせ》っていたとか怒《いか》りのあまりだったとか理由を付けて納得できたはずだが、あれは絶対に違う。

「嫌《いや》になった？」

「そんなこと言ってないじゃないですか」

ムッとして突《つ》き出した唇に、軽くキスをされた。

「よかった。私はね、少なくとも君に対しては誠実なつもりだし、怖い男でもないつもりだよ。心配で、どうしようもないくらいだったしね」

「心配……してくれました？」

「当然だろう」

今度は加賀見が憮然《ぶぜん》とした調子で呟《つぶや》いた。

「寿命《じゅみょう》が縮むっていうのはこういうことかと思ったよ。最初は私のトラブルに巻き込んだのかと思ったしね」

「ごめんなさい」

注意力が足りなかったのは事実だった。森尾が現れてすっかり信用してしまったけれど、田中から電話の一本もなく秘書が迎《むか》えに来るということにもっと不審《ふしん》を覚えるべきだった。今にして思えば避けようもあったことだと思う。

「謝ることはないよ」

加賀見の腕《うで》が、身体《からだ》を包み込んでくれる。あれほど冷たかった身体が嘘《うそ》みたいに温かく、むしろ郁海のほうが温まる必要がありそうだった。

自然にほっと息がもれる。

「ただ、ここまで迎えにきたご褒美《ほうび》をくれると嬉《うれ》しいね」

顎《あご》を掬《すく》い上げられて、その意味を察する。言葉の意味がわからないほど、郁海は鈍《にぶ》くないつもりだ。

どうせ明日――すでに今日だが――は土曜日だし、このホテルに入ったときから妙に興奮してしまっているのか、郁海はさっきからずっと加賀見を意識していた。

目を閉じると、唇がゆっくりと重なった。

郁海は自分から舌を差し出して、加賀見のそれに触《ふ》れあわせた。

キスは加賀見に教えてもらった。最初のキスからたった数ヶ月しか経《た》っていないのに、もう数え切れないくらい唇をあわせてきた。たぶん恋人《こいびと》になってから、加賀見とキスをしなかった日はないだろう。

「ん……」

バスローブの胸に縋《すが》って、郁海は舌を吸われる感触《かんしょく》に陶然《とうぜん》となった。

キスはとても好きだ。気持ちがよくて、そしてとても幸せな気分にさせてくれる。

深く舌を絡《から》めながら、加賀見がバスローブの襟元《えりもと》から手を差し入れてきた。冷たい肌《はだ》に、温かい手が気持ちいい。

撫《な》でられるだけで、ざわりとした快感が肌の上を滑《すべ》っていくようだった。

「つぁ……ん……」

郁海が思わず小さく声を上げたとき、無粋《ぶすい》な着信音が室内に響《ひび》き渡《わた》った。

加賀見の携帯《けいたい》の音だった。

小さく舌打ちが聞こえたが、だからといって携帯に手を伸《の》ばすわけでもなく、加賀見は郁海の首に顔を埋《うず》める。

舌先が熱いくらいに感じた。

電話は一度切れたものの、それからまたすぐに鳴りだした。今度も加賀見は無視をしていたが、二度目が終わって三度目になると、もう郁海のほうが気になってしまって意識がどうしてもそちらに向かってしまった。

加賀見の嘆息《たんそく》が聞こえた。

「そういえば報告をしていなかったな」

「あ、田中さん？」

「おそらくね」

加賀見は携帯電話を取りに行き、気が進まないといった態度も露《あら》わに郁海に差し出してきた。

確かに表示には田中の名前がある。

もしかしたら郁海のほうにも掛けていたのだろうが、あいにくと充電《じゅうでん》切れで繋《つな》がらない。無事は部下から伝わっているのだろうが、いつまで経っても直接連絡《れんらく》がなくて、さぞかし田中はやきもきしたのだろう。とうとう痺《しび》れを切らせ掛《か》けてきたわけだ。

「はい？」

『郁海か……無事なんだね？』

「はい。ケガもありません。あ、それであのっ……森尾さんのことなんですけど」

『ああ、それだったら心配はいらない。悪いようにはしないよ』

「よかった……わっ」

田中の言葉にほっとしていると、いきなりひょいと横抱《よこだ》きにされてソファから掬い上げられてしまった。

『どうした？』

「い、いえ……っ」

まさか抱っこをされているとは言えなかった。

『加賀見はどうしたんだい？』

「い、います」

郁海はベッドに運ばれて、捲《まく》ったシーツの上に下ろされる。バスローブの紐《ひも》が、しゅるりとかすかな音を立てて解かれた。

「え、ちょっ……」

『郁海？』

「なんでもないですっ……」

露わにした胸に顔を埋めて、唇が淡《あわ》い色をした粒《つぶ》をきつく吸う。

『今、どのあたりを走っているんだい？』

「いえ、あの……ん……っ」

じわりとした快感に、思わず鼻に掛かった声がもれる。軽く歯を当てられ、舌先で転がされて、どうしようもなく気持ちがよくなっていってしまう。

言葉はなくても、電話の向こうから不審そうな気配が伝わってくる。

「あ……加賀見さんに替《か》わりますっ」

郁海は押しつけるようにして携帯を突き出したが、加賀見はそれを受け取るどころか、つんと尖《とが》ったそこから口を離《はな》し、代わりに指の腹でこりこりと擦《こす》ってきた。

「いや……ぁ」

声を上げてしまってから、郁海は慌《あわ》てて手で口を覆《おお》う。今のは絶対に田中にも聞こえてしまったはずだ。

恥《は》ずかしくて、全身がカッと朱《しゅ》に染まる。

じたばたと足をばたつかせ、郁海は初めてのとき以来の抵抗《ていこう》をした。さすがにこれは、おとなしくしていられなかった。

抵抗が邪魔《じゃま》だったのか、口を覆っていた手が加賀見によって引きはがされ、もう片方の手と一緒《いっしょ》にタオルで巻かれてしまう。あろうことかその上から、バスローブの紐で縛《しば》りあげられてしまった。

「や……っ」

紐の先はベッドの格子《こうし》に括《くく》り付けられる。

目にいっぱい涙《なみだ》を浮《う》かべて睨《にら》み付けていると、加賀見はやがて仕方なさそうに嘆息し、渋々《しぶしぶ》といった様子で携帯を手にした。

「お電話替わりました」

声はとても不機嫌《ふきげん》そうだった。

『……何をしている？』

「野暮《やぼ》なことをお聞きになりますね。この時間に恋人同士がすることといったら、決まっているでしょう」

「加賀見さん……っ」

「とりあえず井手の身柄《みがら》は押さえてあります。それで、私と郁海くんは時間が時間なもので、こちらに泊《と》まることにしました」

冷静な声で報告をしながら、加賀見は郁海の肌に手を這《は》わせてくる。

必死になってかぶりを振《ふ》っても、ちっとも聞いてくれやしない。それどころか指先で郁海の中心を弄《いじ》り始める始末だった。

「ん……っ」

『加賀見、やめなさい』

「プライベートなことですので、従ういわれはありませんね。それに、据《す》え膳《ぜん》を食いかけで電話に出たものですからね。そろそろ続きをさせてもらいますよ。ああ、いつも大切に抱いていますから、ご心配なく」

加賀見はそれだけ言い放つと、そのまま電源を落としてしまう。これでもう邪魔されることもなくなったのだ。

「嘘つきっ……」

「うん？」

「こんなことしてるくせに……！」

ベッドに縛り付けておいて、よくもしゃあしゃあと大切に抱いているなんて言えたものだ。

これまではともかくとして、今の状態では嘘になるんじゃないだろうか。

だが加賀見はしれっと言った。

「ちょっとしたプレイだろう。心配のしすぎで理性が切れたのかもしれないな。それにたまには違《ちが》うことをしないと、物足りなく思われるんじゃないかと思ってね。飽《あ》きられても困るし」

郁海は何度も首を横に振る。

「全然、足りてます……！」

いつだって郁海は有り余るほど快感を与《あた》えられて、翻弄《ほんろう》されている。飽きるどころか、受け止められるギリギリじゃないかと思っているくらいだ。

「まぁ、たまにはいいんじゃないか。ああ……手錠《てじょう》があったな。そっちのほうがこのベッドには似合いそうだね」

「やだっ……」

「手錠よりこのままがいい？」

とっさに郁海は頷《うなず》いていた。しまったと思ったのは、加賀見の意味ありげな笑《え》みを見たときだった。

「じゃあ、このまましようか」

これは確信犯だ。郁海がそういう意味じゃないと訴《うった》えても、加賀見はまるで聞く耳を持たなかった。

「せっかく父親公認になったことだしね」

「なんであんなこと言っちゃったんですかっ」

だいたい公認というわけではないはずだ。田中の声が聞こえていたわけじゃないが、絶対に認めていないだろう。

「今さらだろう?」

加賀見はバスローブを左右に大きく開くと、肌《はだ》にキスを落としてきた。

「でもっ……」

「疑っていたことを、はっきりと肯定《こうてい》してやっただけだよ。いくら君がごまかしても、田中氏は納得していたわけじゃないからね」

それは確かにその通りだろうと思う。けれども、あんな形で暴露《ばくろ》してしまわなくてもよさそうなものだ。

「あ、あ……っ」

反論しようとしていたのに、開いた唇《くちびる》からは勝手に甘い声が漏《も》れてしまう。敏感《びんかん》な胸の粒を舐《な》められ、同時に濡《ぬ》らした指で後ろを弄られて、あっけなく自分が加賀見の手中に収まっていくのがわかる。

いつもと違う間接照明が、郁海の感覚さえも鋭《するど》くしているみたいだった。あるいはいろいろなことがあって、神経が過敏《かびん》になっているのかもしれない。

「ん、んっ……あ……あん……」

他《ほか》への愛撫《あいぶ》もそこそこに、郁海は腰《こし》をシーツから浮かせるようにして、仰《あお》向《む》けのまま身体《からだ》を深く折られた。

秘められた場所が加賀見の目の前に露《あら》わにされる。

「そそる恰好《かっこう》だな」

「やっ……だぁ……」

何度見られても恥ずかしくて、そのたびに消え入りたいような気持ちになるのに、今日はまだ十分に理性が残っているうちにこんな恰好をさせられてしまった。しかもベッドに縛られているのだ。

「これ……解いて……っ」

加賀見の視線に晒《さら》されて、郁海は半泣きになる。

「痛くはないだろう？」

「でも、こんなの嫌《いや》だ……」

怖《こわ》いとは思わないけれど、すんなりと受け入れることもできなかった。

加賀見は郁海の膝《ひざ》に手を掛《か》けて脚《あし》を広げさせながら、震《ふる》える脚にキスをする。それはとても優《やさ》しいしぐさなのに、拘束《こうそく》を解こうという気配は見えなかった。

「一つ、聞きたいことがあるんだが……」

そう前置きすると、加賀見は郁海の返事を待つことなく続きを口にした。

「井手につけられていたことに気づいていた……というようなことを言っていたが、どうして私に教えてくれなかった？」

「だっ……て、気のせいだと思って……」

「視線に気づくくらい、見られていたのに？」

「人が見るくらい、よくあることじゃないですか……」

少なくとも郁海にとってはそうだ。登下校の途中《とちゅう》や、遊びに行ったときに、やたらと知らない人にじろじろと見られるのは今さら気に留めることでもないのだ。

だがそれを聞いて加賀見は大きな溜《た》め息をついた。

「そんなにいつも見られているわけか……まぁ、そうだろうな」

一般《いっぱん》的な基準がわからないから何とも言いようがないが、加賀見より注目を浴びているのは確かだろう。

こんな状態で冷静に話をするのがいたたまれず、郁海は脚を閉じようとするが、外側への力を膝に加えられていてそれが叶《かな》わない。

加賀見が笑う気配がした。

「視姦《しかん》、というのを知っているかな」

頭の中で「しかん」という言葉が漢字に変換《へんかん》できなかった。それどころではなくて、郁海はかぶりを振るのでせいいっぱいだ。

「視線で犯す、という意味だよ」

郁海は嫌だとかぶりを振った。

「まぁ、それでは私が満足できないが……」

加賀見は笑いながらそう言って、郁海の腰の下に枕《まくら》を押し込むと、湿《しめ》った舌でそこに触《ふ》れてくる。

思わずびくりと身が竦《すく》んだ。それは反射的なことであって、感情とは無関係だった。

舌がそこを舐めて、指と一緒《いっしょ》に入り込んでくる。

溶《と》けるような快感に、もう声は抑《おさ》えられなかった。

「つぁ……う……ん……」

生き物のように入り込む舌に、指先まで甘い毒が回っていくようだった。身体の内側を舐められて、こんなにも感じてしまう自分がいる。

縛《しば》られているということが、被虐のイメージを郁海に植え付けて、いつもと同じことをされているのに追いつめられているような気分になる。

快感すら別の形をしているような気がした。

どうにかされてしまうんじゃないかという不安と、絶対に大丈夫《だいじょうぶ》だという加賀見への信頼感《しんらい》がないまぜになっている。

二本の指で奥を探《さぐ》られ、口で前を嬲《なぶ》られて、身体は郁海の支配の中から抜《ぬ》け出していってしまう。

「いや……ぁっ！　あっ、あ……！」

内側からひどく弱いところを刺激《しげき》されて、全身がびくんと跳《は》ね上がる。何度も執拗《しつよう》にそこを攻《せ》められ、郁海は腰を捩《ねじ》り立てながら悲鳴を上げた。

頭の中が真っ白に弾《はじ》けた。

ぐったりとした郁海の身体に、じりじりと加賀見が入り込んできた。

「あ……ぅ……」

開かされる痛みは、いつまで経《た》っても慣れることがない。けれど、すぐにそれが去って壮絶《そうぜつ》な快感が襲《おそ》ってくることもわかっていた。

少しずつ郁海の中は加賀見でいっぱいになる。

触れる素肌《すはだ》の感触《かんしょく》に思わず安堵《あんど》の息が漏れたが、加賀見の背中に縋《すが》りつこうとした腕《うで》は頭上から動かすことができなかった。

加賀見は深く身体を繋《つな》いでくると、郁海の唇に宥《なだ》めるようなキスをした。

郁海は目を開いたものの、瞳《ひとみ》が潤《うる》んで視界がぼやけていた。加賀見の表情もはっきりとは見えない。

「ぁああっ……！」

腰を引かれ、加賀見のものが引き出される感触に総毛立った。それからすぐに奥まで突《つ》かれて、身体の中を快感が走り抜ける。

ベッドがかすかに軋《きし》んでいた。

いつもよりずっと性急なのは、加賀見も神経が高ぶっているせいなのかもしれない。

繰《く》り返し穿《うが》たれ、快感を得ることに慣れてしまった身体は、繋がったところからどろどろに溶け出していってしまう。怖いくらいの快感の渦《うず》の中に放《ほう》り出されて、徐々《じょじょ》にものを考える余《よ》裕《ゆう》も力もなくしていく。

「んっ……ぁ、ああっ！　も……やぁ……っ」

もっとゆっくりしてほしいのに、上手《うま》く声にならなかった。

激しく突き回され、郁海は揺《ゆ》さぶられるままに声を上げ続ける。いつもなら両手で加賀見にしがみつくのに、今日はそれができなかった。このまま溶け出して流れていってしまう不安に、郁海は泣き出してしまった。

しゃくり上げる息の中に、ときおり嬌声《きようせい》がまじる。

だがそれすら郁海は自覚していなかった。自分の上げる声なんて、切り刻まれるような快感の中では意味を持たない。

郁海は腕を激しく動かして、加賀見の背中を求めた。

「やっ、いやぁ……っ！」

暴れて緩《ゆる》まったせいなのか、ふいに手首への圧迫《あっぱく》がなくなった。郁海は何も考えず両腕《りょううで》を加賀見に伸《の》ばした。溺《おぼ》れる人のように、広い背中をきつく抱《だ》きしめる。

がくがくと揺《ゆ》すられて、郁海は仰《の》け反った。

高みへと押し上げられ、頭の後ろで何かが弾《はじ》けたような感覚に包まれる。

それが絶頂なのだと自覚することもなく、郁海は甘い悲鳴を上げながら精を吐《は》き出し、びくびくと身体《からだ》を震わせていた。

奥の深いところで、加賀見のものを受け止めた。

とろりとした意識の中で、郁海はそれを漠然《ばくぜん》と自覚する。加賀見の身体の重みに安堵を覚えながら、このまま眠《ねむ》ってしまいたいほど心地いい余韻《よいん》に浸《ひた》っていた。

「ん……っ……」

加賀見のものが引き出されていく感触に、郁海は小さく声を上げる。

ほっと息をもらしながらも、それがなくなったことにどこか物足りなさを覚えていることを否定できなかった。

何かをなくしたように違和感《いわかん》がある。

郁海はうっすらと目を開けた。けれども涙《なみだ》でいっぱいになった目は、すぐ近くにあるはずの恋人《こいびと》の顔を、はっきりと映し出してはくれなかった。

加賀見の指先が目元を拭《ぬぐ》う。それから涙の粒《つぶ》を掬《すく》うように唇《くちびる》が寄せられた。

「きつかったか？」

あんなに激しく突かれたことはなかったかもしれないが、郁海にとってそれはあまり問題ではなかった。

手首に残る、ほんの少しの痛み。そちらのほうが気になった。

「それより……どうして、解いてくれなかったんですか……？」

初めてのときもシャツで縛られたけれど、郁海が痛いと言ったらすぐに取ってくれたのだ。なのに今日は、ちっともそうしてくれなかった。

「あんなことをする男は嫌《いや》か？」

嫌《きら》いじゃない。郁海の意思をくんでくれないことは嫌いだが、だからといって加賀見まで嫌いになるわけじゃなかった。

小さくかぶりを振《ふ》って、そう答えると、苦笑が聞こえてきた。

「あんまり君が寛容《かんよう》だと、心配になってくる」

「……え……？」

「たとえば……そうだな。井手が君にこういうことをしたら、どうした？　私のときのように許したか？」

何を言われたのか、すぐには意味が摑《つか》めなかった。じっと加賀見を見つめていくうちに、涙は乾《かわ》いてはっきりと顔が見えるようになった。

とても端整《たんせい》な顔だった。淡《あわ》い色のライトに照らされて、まるで彫刻《ちょうこく》のように綺麗《きれい》だ。

加賀見に初めて抱かれたときは、郁海の意思でそうされたわけじゃなかった。望んだことではなかったし、何度もやめてほしいと懇願《こんがん》した。

だからといって、加賀見を憎《にく》いと思ったわけじゃなかった。犯されたという受け止め方もしなかった。

たぶんそれは、すでにそのとき加賀見が郁海の心の中にはいりこんできていたからだ。

「そんなこと、あるわけないじゃないですか」

「たまたま、私だったんじゃなく？」

「誰《だれ》でもよかったみたいな言い方、しないでください」

本気でそう思ったんだとしたら、ずいぶんな侮辱《ぶじょく》だ。無理に抱かれて、相手が誰でも構わず好きになるなんてことがあるわけないのに。

睨《にら》むように加賀見を見ていると、やがてふっと彼は息をついた。

「今のはまずかったな。悪かった」

郁海は再び加賀見の背中に手を回し、しがみつくように力を込めた。

「流されたのかもしれないけど……でも、僕はちゃんと選んでそうしたんです」

「ああ、そうだったね」

繰り返し何度も頰《ほお》やまぶたにキスをされた。謝っているのか、それとも郁海を宥めているのか、優しく触れるだけの唇がとても心地いい。

「できるなら、寛容なのは私だけにしてほしいがね」

かすかに笑うのは、無理だとわかっているからだろう。

実際に無理なことだろうと思う。郁海は意識して他人に対してどうこう思っているわけじゃないのだから、コントロールなど不可能だ。

けれど、加賀見は郁海の中で特別だ。それは確かだった。

「私は、君に対してだけ誠実でいるよ」

「加賀見さん……」

こういうのは、ずるいと思う。まるで郁海が八方美人で、加賀見に対して不誠実であるような気分になってしまう。

だから少しムキになって郁海は言い返していた。

「僕だって、ああいうことされてもいいって思うのは加賀見さんだけです」

けれど寛容というのとは少し違《ちが》う。口に出すと恥《は》ずかしいから言わないが、こういうのが惚《ほ》れた弱みというものなのだろう。

加賀見の口の端《はし》が満足げに上がり、指先が少し赤くなった手首に触《ふ》れる。

「ぁん……っ」

ただそれだけなのに、ぞくぞくと快感が這《は》い上がってきた。

「人のせいにするわけじゃないが、どうも君はサディスティックな部分を刺激《しげき》してくれるらしいね」

「か……加賀見さんて、マニアなんですか？」

「は？」

怪訝《けげん》そうな顔をする加賀見に、森尾から言われたことを聞かせてやった。あれは手錠姿《てじょう》に対してだったが、郁海にとっては同じようなことに思えたのだ。

加賀見の嘆息《たんそく》が聞こえた。

「そういう嗜好《しこう》とは違うんだがね」

「でも……」

「子供が好きな子に意地悪をするのと似ているかな。可愛《かわい》がってやりたいんだが、泣かせたくもあるわけだ」

その気持ちは何となく理解できるが、だからといって郁海を縛《しば》って抱いて、何が楽しいのかはわからなかった。

怪訝そうな顔をする郁海を見て笑いながら、加賀見は唇で耳に触れてきた。

耳朶《みみたぶ》を舌でなぞられて、びくりと身が竦《すく》む。過敏《かびん》になった身体は、どこを触れられても快感に繋《つな》がってしまうような気がした。

囁《ささや》くように、耳元で低い声が言った。

「で、泣かせたくないほうの私からの提案なんだが、明日は服を買って遊びに行こうか？　マリンパークでもいいよ」

「え？」

先ほどの揶揄《やゆ》の続きだろうかと思ったが、どうやらそうでもないらしい。だから郁海は戸惑《とまど》ってしまった。

今まで故意に外で郁海と会おうとしなかったのに、どうして急にそんなことを言い出したのだろうか。

問うような目をしていると、加賀見は郁海の顔を撫《な》でながら続けた。

「そう神経質になることもないかと思ってね。出先だし、私よりもずっとトラブルが多い社長と週末ごとに会っているんじゃ意味もないだろうし」

確かにその通りかもしれない。納得《なっとく》したし、嬉《うれ》しくもあったが、言いたいことが一つだけあった。

「嬉しいです。でも、さっきも言いましたけど、僕はマリンパークに行きたいわけじゃないんですっ」

「リクエストは？」

「あんまりよく知らないんですけど……。えっと、つまり一緒《いっしょ》に買い物したりとか、食事したりとか、そういうのでいいんです」

特別なところへ行きたいと思っていたわけじゃなかった。ただ郁海は加賀見と並んで歩ければそれでいいのだ。

「だったら、一度戻《もど》って食事にでも行こうか」

広い背中を抱《だ》きしめていた手にふと違和感《いわかん》を覚えながらも、郁海は頷《うなず》いた。それから指先で違和感の正体を探《さぐ》り、あっと小さく声にする。

「ごめんなさい」

「うん？」

背中にあるのは引っ掻《か》き傷《きず》だ。抱かれているときに、無意識のうちにつけてしまった傷が何本かある。

「傷になっちゃったんですね」

「ああ……」

もちろん加賀見は知っていたらしい。触《さわ》ってはっきりとわかるほどだから、痛みはあるのだろう。

だが彼はむしろ楽しげに言った。

「私だけにつけてくれると思えば、嬉しいものだけどね」

つまりそれは、郁海が加賀見にでなら多少のことをされても受け入れてしまうのと同じだろうか。よくわからなかったが、深く追及《ついきゅう》するのはやめにした。

傷に触れないように抱きついて、加賀見とのキスに身を委《ゆだ》ねる。

もう一度欲しがっているのだとわかっても、少しも嫌《いや》だと思わなかった。欲しいと思っているのは郁海も一緒だ。

このまま今夜はこうして抱《だ》き合って、明日になったら……。

郁海ははたと目を開けた。

「どうした？」

「明日って土曜日ですよね？　田中さんと食事の約束……」

「放《ほう》っておきなさい。私が断っておく。どうしても行きたいと言うなら、起きられないようにしてあげるよ」

そんな大人げないことを言って加賀見は郁海の胸元に顔を伏《ふ》せる。敏感《びんかん》になったそこは、軽く触れられるだけの刺激を、ピリピリと痺《しび》れるような快感に変えてしまう。

どのみち、加賀見は田中と食事をさせる気などないのだ。

「か……加賀見さんと……一緒に、いる……」

今はそうしたかった。それに今回のトラブルの原因を作った田中と、呑気《のんき》に食事をする気分でもない。

「いい子だ」

ご褒美《ほうび》だとでも言うように、胸の粒《つぶ》に濃厚《のうこう》なキスをされる。

「つぁ……ん……！」

性急だった一度目を取り返すように与《あた》えられる愛撫《あいぶ》は、郁海の身体《からだ》を跡形《あとかた》もなく溶《と》かしていき、気が遠くなるくらいに長く続けられた。

8

田中がマンションに押し掛《か》けてきたのは、月曜の夜だった。直前に電話があって、今から行くと一方的に宣言したその二十分後に、本当に彼は運転手つきのリムジンでやって来たのである。

お茶を出しながら、郁海はちらりと田中の顔を見やった。ひどく難しい顔をしている。初めて顔を見てから、まだ数ヶ月しか経《た》っていないから確かなことは言えないが、田中にしては珍《めずら》しいことだった。

斜向《はすむ》かいのソファには、加賀見がゆったりと腰掛《こしか》けていた。こちらは余裕《よゆう》で、しかもかなり楽しげな様子だった。

「いつ帰って来たのかな」

田中は郁海が座るのを待って、早速《さっそく》口を開いた。

「一時間くらい前ですけど……」

「つまり三泊《ぱく》もしてきたということかい？」

「えーと……はい」

田中の顔をまっすぐに見るのは難しかった。あの電話のことが頭から離《はな》れてくれなくて、どうにも恥《は》ずかしかったし、三泊という言葉自体も郁海の羞恥心《しゅうちしん》を刺激《しげき》する。

帰って食事に行くとか何とか加賀見は言っていたのに、結局は果たせずに終わった。ずっとあのホテルにいたわけではないのだが、宿に籠《こ》もっていたのは確かで、春休みの前哨戦《ぜんしょうせん》という状態だったのだ。

結果、今日も学校を休んでしまった。本当は行こうとしたのだが、身体がつらくて行くに行けなかったのだ。

俯《うつむ》いて少し赤くなっている郁海を眺《なが》め、田中は大きく溜《た》め息をついた。

「ちなみに、どこに？」

「その……」

郁海は救いを求めるように加賀見の顔を見やった。

「いわゆるラブホテルというやつですね」

あっさりと言い放つ加賀見に、郁海はおたおたと動揺《どうよう》した。今さらかもしれないが、やはり父親を相手にそれはどうかと思うのだ。馴染《なじ》みはまだあまりないけれど、少しずつ自覚と情が芽生えてきているのは確かなのである。

何度目かの溜め息の後で田中は言った。

「人の息子《むすこ》に好き勝手をしないでもらいたいな。おまけに学校を休ませるとは言語道断だ」

「学校については返す言葉もありません。深く反省しておりますよ。ただ、郁海くんはあなたの所有物ではありません」

「まだ子供なんだよ」

「だが、もう分別がつかない年でもない。まだまだ大人ではありませんがね、思っているほど子供でもないんですよ」

加賀見の言葉を聞きながら、郁海は無意識に頷いていた。

だが田中は納得《なっとく》できない様子も露《あら》わに、難しい顔をし続けている。よほどセックスのことが引っかかっているようだった。だが自分の素行もよくないので、加賀見にうるさく言うことができないらしい。

「それより、郁海くんに言うべきことがあるんじゃないんですか？」

促《うなが》されて田中は郁海に視線を戻した。微妙《びみょう》に改まった雰囲気《ふんいき》が伝わってきて、郁海も自然と居住《いず》まいを正してしまう。

じっと顔を見つめながら田中は言った。

「巻き込んでしまって悪かったね」

「いえ」

「森尾のことを心配していたようだが、彼女とはもう話もついたよ。君に謝っておいてくれと言われた」

安堵《あんど》しながら郁海が頷いて、田中に向かって口を開こうとしたとき、玄関《げんかん》の呼《よ》び鈴《りん》が一瞬《いっしゅん》早く鳴り響《ひび》いた。

「たぶん相原だ」

加賀見が玄関へ行ってしまうと、田中は待っていたように言った。

「いつから、加賀見とはそうなんだい？」

「はい？」

「初めて寝《ね》たのはいつかという意味だよ」

郁海は面食らって、すぐに言葉が出てこなかった。父親が面と向かって子供にする質問としては、あまり一般的《いっぱん》じゃないような気がした。

「いつも……と言っていたが？」

「え……っと……」

「まさか、別荘にいたときじゃないだろうね」

　ずばりと言い当てられて、とっさに違うと言えなかった。その間がそのまま肯定《こうてい》となって、田中に大きな溜め息をつかせることになる。

やはり面白《おもしろ》くない、というのが正直なところらしい。だからといって、付き合いをやめろとも、健全な付き合いをしろとも言わなかった。

嘆息《たんそく》しながら田中は続けた。

「自分が責任を取れる範囲《はんい》でね」

よくわからないまま生返事をしていると、加賀見が相原を連れて戻《もど》ってきた。

田中がいることはここへ来るまでの間に知らされていたのか、あるいはマンションの前に停《と》まったリムジンで察したのか、相原は動じることなく田中に挨拶《あいさつ》をした。

初対面ではないらしかった。そういえば相原は、郁海関係の金銭的なことを請《う》け負っていたと言っていた。

挨拶が終わると、相原はくるりと郁海のほうへと向き直る。

「無事でよかったね!」

「あ、はい。ありがとうございます。心配かけて、すみませんでした」

「いいのいいの。郁海くんが一番大変だったんだから、そんなに周りに気を遣《つか》うことないんだよ。はい、これ。一応お見舞《みま》い」

相原は郁海にフルーツの籠《かご》を渡《わた》し、空いている場所に腰掛けた。

「ありがとうございます……」

「いやぁ、それにしても災難だったねぇ。もしかして郁海くん、女難の相でも出ているんじゃないの?」

笑いながら言われて、最初は何のことかと思ったが、すぐに納得した。加賀見とこういう関係になるきっかけとなったのは、田中夫人の蓉子が絡《から》んだトラブルだったのだ。そして今回は愛人の森尾である。

「でも、僕がどうとかっていう問題じゃないと思いますけど」

つい口調は尖《とが》ったものになってしまう。それから郁海はキッと田中を見据《みす》えた。

「田中さんが問題なんです」

「それは正しいな」

加賀見もすかさず同意した。

どれもこれも、田中がもっときちんと立ち回っていれば起こらなかったことである。井手の件は別だが、田中がきちんとしていれば森尾が犯行に加わることもなかったのだ。

「もういい加減にしてください。何だってそう次から次へと……っ。田中さんの女性関係のとばっちりを受けるのは真っ平です」

「悪かったと思っているよ。だがね、確率としてはそう高くもないんだよ。とりあえず君に迷《めい》惑《わく》をかけたのは二人だけだ」

愛人はもっといるのに……と何でもないように言われ、ぷつん、と何かが郁海の中で切れる音がした。

寛容《かんよう》だなんて、とんでもない。こと田中に関しては、郁海の沸点《ふってん》はけっして高くもないのだった。

「女の人と手を切るまで、食事に呼ばないでください」

「清算したら寂《さび》しいじゃないか」

「だったら奥さんを追いかけていったらどうですか」

郁海がふいと横を向くと、困ったように田中は嘆息した。加賀見はひどく楽しそうに笑《え》みを浮《う》かべるばかりだった。

それを見咎《みとが》めて田中は言う。

「何がおかしいのかな」

「それはもう、何もかも。社長がお困りになっている姿が見られるとは思っていませんでしたからね」

視線が交錯《こうさく》する。

田中と加賀見の間に座る郁海は、どうしていいのかわからずに目を泳がせた。田中を擁護《ようご》するつもりはないけれど、困惑《こんわく》する姿を見ても楽しいとは思えない。

相原と目があうと、彼はにっこりと笑って言った。

「火花が散ってるねぇ。舅《しゅうと》と婿《むこ》、ってところかな」

小声でこっそりと囁《ささや》くものの、それはもちろん当の二人に聞こえている。加賀見も田中も露《ろ》骨《こつ》に嫌《いや》そうな顔をした。

「フルーツ食べる？　切ってきてあげるよ」

「あ、いいです。僕やります」

逃《に》げるようにして相原を追ってキッチンに入り、グレープフルーツとオレンジを切って皿に盛った。メロンは冷やしてからでないと……などと言って、相原は人の家の冷蔵庫を勝手に開けていた。

フルーツを切り終えてソファに戻ると、神妙《しんみょう》な顔をしていた田中がいきなり口を開いた。

「全員を清算したら、お父さんと呼んでくれるかい？」

「はい？」

一体何を言い出すんだろうか。

郁海は唖然《あぜん》としたまま、まじまじと田中の顔を見つめた。口振《くちぶ》りは相変わらずだが、冗談《じょうだん》を言っているわけではなさそうだった。

「あの……？」

「いつまでも『田中さん』では、あまりに他人行儀《たにんぎょうぎ》じゃないか」

今さらそんなことを言われても困ってしまう。もっともなのだが、違和感《いわかん》があって仕方がないし、第一恥《は》ずかしい。

ギャラリーと化した二人は、実に楽しげに動向を見守っていた。

「それくらいのご褒美《ほうび》がないとね」

「ど、どうして僕がそんなご褒美なんてあげなきゃならないんですかっ？」

「トラブルに巻き込まれたくないんだろう？」

言っていることが無茶苦茶だ。理屈《りくつ》がさっぱりわからない。呆《あき》れ果てて、怒《おこ》る気にもならなかった。

沈黙《ちんもく》を打ち破ったのは加賀見だった。

「いいんじゃないかな。それで社長が身綺麗《みぎれい》になるなら、安いものだろう？」

「で、でも……」

「もちろん、少なくとも三ヶ月くらいは品行方正でいてもらわないと、郁海くんとしても譲《じょう》歩《ほ》はできないと思いますが？」

加賀見が笑いながら言うくらいだから、この三ヶ月というのは田中にとって相当に長い期間なのだろう。改めて呆れてしまう。本人は否定しているが、やはり郁海の知らないところに異母兄弟がいたとしてもちっとも不思議ではなかった。

少し間があって、おもむろに田中は頷《うなず》いた。

「いいだろう」

返事を求める田中の視線に、郁海は嘆息する。そんなに必死になるようなことでもない気がしたが、それは口にしないでおいた。

「わかりました」

まだ果たせるとも限らないし、三ヶ月もあれば、もしかしたら郁海の中で田中はもっと近くなって、すんなり父親と呼べる日が来るのかもしれない。

郁海の返事に頷いて、田中は帰る姿勢を見せた。

玄関《げんかん》まで見送りに出るのは郁海だけで、加賀見はソファに座ったままだ。相原は愛想よく挨拶だけしていた。

廊下《ろうか》を歩きながら、次の週末の約束を交《か》わした。

「じゃあ土曜日にね。それと、あっちの約束も」

くだらないことにムキになる田中に呆れながらも、何だか妙《みょう》に親しみを覚えた。

郁海と田中がリビングから出ていってしまうと、相原はそれを確かめてから声をひそめて加賀見に問うてきた。

「で？　例の井手ってやつは、どうしたの」

「乾の仲間に任せた」

「おや、気の毒に。そりゃあ、さぞかし怖《こわ》い思いをしてるだろうね」

くつくつと笑う相原の態度は少しも気の毒そうではなく、むしろ楽しげだった。とても郁海には見せられない。

「それでもあんたよりはマシかもしれないけどねぇ」

「心外だ」

加賀見は肩《かた》を竦《すく》めて軽く流した。

郁海がリビングに戻《もど》ってくるのが見えて、自然とこの話は終わりとなる。互《たが》いに心得たものだった。

先ほどとは打って変わった笑顔で相原は言う。

「田中さん、帰りたくないって拗《す》ねていなかった？」

「それはないですけど……」

「けど？」

「念を入れて約束させられました。何だってあんなしょうもないことにこだわるんだろ……」

気が知れないというように溜《た》め息をつき、郁海は加賀見の隣《となり》に座った。

「要するに、お父さんて呼んでほしいだけだよ。可愛《かわい》いじゃないか」

「……可愛い……」

郁海は眉間《みけん》に縦皺《たてじわ》を作った。

とても田中のことをそんなふうに思えないのだろう。おそらく郁海にとっては、思考パターンが理解できない、自分勝手で子供っぽい変な大人……なのだ。

もっともそれだけではなくなっているのも傍《はた》から見ていて感じ取れるところだった。

「それにしても、女性関係のトラブルとはね。僕はてっきり加賀見のほうのトラブルだと思っちゃったよ」

「あ……そうだ。加賀見さんのほうは平気なんですか？」

「もう片づいたよ。後は普通《ふつう》に仕事を全《まっと》うするだけだな。嫌がらせはもうないだろう」

「そうですか……」

安堵《あんど》の息をつく郁海に、相原が余計なことを言った。

「あんなのよくあることだよ」

「えっ？」

笑顔が引きつっている。それから問い掛《か》けるようにして、大きな目が隣にいる加賀見に向けられた。

加賀見はじろりと相原を睨《にら》みつけるが、まったく怯《ひる》んだ様子もない。それどころかさらに余計な一言は続いた。

「この人の場合は珍《めずら》しくもないことなんだよ。うさんくさい仕事が多いからね。郁海くんと暮らすようになってからは、少しピリピリするようになったけど。よっぽど君にとばっちりが行くのを警戒《けいかい》してるみたい」

「相原」

「いいじゃない。本当のことだろ。下手に隠《かく》しても、余計に不安にさせるだけだと思うけどね。だったらあの程度のことはあるけど、それ以上はまずないって教えておいたほうがいいんじゃないかな。どういうわけか、隠しごとが多いみたいだし？」

余計なお世話だ、とは視線だけで告げてやる。ついでに早く帰れというサインも大量に送りつけた。

それが通じたかどうかは知らないが、すぐに相原は言う。

「さてと、僕も帰るとしますか」

立ち上がる相原を見て、郁海もそうしようとするのを、加賀見は腰《こし》に腕《うで》を回すことで引き留めた。

「見送るほどのこともないよ。勝手に帰るから」

「ずいぶんだよねぇ。ま、僕だってあんたの見送りはほしくないけど、郁海くんにはしてほしかったなぁ」

「すみません」

加賀見に放す意思がないのを察して、郁海は申し訳なさそうに謝った。

「いいのいいの。本当は玄関でちゅーなんかしてくれると嬉《うれ》しかったんだけど。あ、お見舞《みま》いのお礼とか」

相原の冗談に、郁海がカチンと固まるのが腕から伝わってきた。彼はどうにもこの手の冗談が好きではないらしい。見れば顔もわずかに引きつっていた。

それがわかっていて相原はやっているのだ。どうやら加賀見とは別の意味で、郁海をからかうのが楽しいようだった。

「またね、郁海くん。明日は学校だから、エッチはほどほどにね」

「っ……」

腕の中でますます硬直《こうちょく》する郁海をよそに、相原はかなり機嫌《きげん》よく帰っていった。

やがて玄関が閉まる音を聞くと、郁海はぼそりと呟《つぶや》いた。

「やっぱり、あの人って苦手です……」

「まぁ、そのうち慣れるだろう」

さらりと受け流すと、郁海はひどく不満そうな顔をして、物言いたげに加賀見の顔をちらりと見た。

「何かな」

「加賀見さんて……いつもそうですね」

「うん？」

「いつも、そうやって簡単に済ませちゃうって言うか、あんまり……親身になってくれないっていうか……別に、相原さんのことはいいんですけど……本当に大したことじゃないし」

拗ねたような表情を、加賀見はまじまじと見つめた。納得《なっとく》していないのは知っていたが、まさかそう受け取られていたとは思わなかった。だが当然のことかもしれない。言葉が足りなかったのは事実なのだ。

ふっと嘆息《たんそく》して、郁海の頭を軽く抱《だ》き込んだ。

「そうカリカリすることもない、もっと余裕《よゆう》を持て……というつもりだったんだがね」

「そ……なんですか？」

大きな目がさらに大きく見開かれた。

吸い込まれそうな綺麗《きれい》な瞳《ひとみ》の中に自分が映っていることに、加賀見はいい知れない喜びを覚える。

自然と笑《え》みが浮《う》かんだ。

「そうなんだよ。学校も、もっと楽しそうに通ってくれたらいいと思っているんだがね」

「でも……」

「勉強するだけが学校じゃないだろう？　だったら高校なんて行かずに、優秀《ゆうしゅう》な家庭教師をつけるだけで十分だ」

静かにそう言えば、郁海は黙《だま》り込んで俯《うつむ》いた。反論はないらしいが、すんなりと頷《うなず》くこともできないらしい。

郁海の中では、まだ学校生活を楽しめるほどのスペースがないのだ。

沈黙《ちんもく》を打ち破ったのは、家の電話の呼び出し音だった。ここの電話が鳴ることは滅多《めった》にないことである。

郁海は怪訝《けげん》そうに電話のところへ行って、少し躊躇《ためら》いながらも受話器に手を伸《の》ばす。少なくとも登録してある相手ではなさそうだ。

「はい……？」

硬《かた》い声で出てすぐに、郁海の表情が驚《おどろ》きのそれに変わった。

「えっ……と、前島……？　あ……うん、別に大したことは……」

学校を欠席した理由は風邪《かぜ》ということにしたから、どうやら例のクラス委員が何か連絡事項《れんらくじこう》でもあって電話をくれたようだ。あるいは単に心配してくれたのかもしれない。

「うん、明日は行けるけど……」

コードを指先でいじりながら、しきりに相槌《あいづち》を打っている。積極的に喋《しゃべ》っているのは向こうで、郁海は返事をする程度だ。

電話はそれから間もなく終わった。

加賀見の隣に戻《もど》ってきた郁海は、なぜか無口になっていて、しばらく待ってみても自分から口を開こうとはしなかった。

「何だって？」

水を向けてようやく、郁海はふっと息をついた。

「風邪……大丈夫《だいじょうぶ》か、って」

「それで？」

「……みんな、心配してる……って。それは、大げさなんだと思うけど……」

「どうしてそう思う？」

「だって、僕はクラスに馴染《なじ》んでるとは言えないし。みんなに心配してもらうほど、親しくしてるわけじゃないし」

溜《た》め息まじりに呟く顔はひどく複雑そうだった。嬉しい気持ちもあるのだろうが、それ以上に戸惑《とまど》っているようだ。予想外の好意を向けられて、どうしていいのかわからないらしい。

微笑《ほほえ》ましいことだった。おそらく学校のほうは、そのうちに加賀見が心配することでもなくなるだろう。

「向こうは親しくしたがってるということだろう？」

「……そうなのかな」

「とりあえず、明日はその委員長に電話の礼でも言えばいい」

躊躇いがちに頷く郁海に、加賀見はもう一つ提案をした。

「相原の冗談《じょうだん》も笑って流せばいいんだがね」

「それはちょっと無理かも……」

溜め息まじりの答えは、十分に予測していたものだった。郁海にはまず無理だろうし、そもそも想像ができなかった。

もっとも、だからこそいいのだ。このまま変わらないでいて欲しいと思うのは、おそらく加賀見だけではないだろう。

「でも、加賀見さんには慣れました」

「ん……？」

「最初は、弁護士のくせに何だかチャラっとした人だなぁ……って思ってたんです。僕のことからかうし……」

思わず加賀見はくすりと笑って言った。

「変なこともするし？」

首筋を指先で撫《な》でると、びくりと身体《からだ》が竦《すく》み上がる。最初の頃《ころ》よりもずっと敏感《びんかん》になったことに加賀見は目を細め、じっと顔を覗《のぞ》き込んだ。

郁海は目元をうっすらと染めている。

「そ……です」

「これでも手加減しているんだがね。あんまり変なことはしないように」

口の端《はし》に笑みを浮かべて言うと、郁海はぎょっとした様子で目を瞠《みは》った。意味ありげな笑みを見せつけたせいか、怖《こわ》い考えがぐるぐると頭の中を回ってしまっているらしい。

まったく可愛《かわい》いものだ。

おかげでやめられなくなってしまう。

加賀見はソファの背に掛《か》けっぱなしになっていたブルゾンに手を伸ばし、入れたままにしておいた手錠《てじょう》を取りだした。もちろん鍵《かぎ》も、別のポケットに入っている。

啞然《あぜん》とする郁海の手首に金属の輪をはめてやる。力を加えると、カチカチと小さな音を立てながら輪は小さくなった。

「なっ……何してるんですかっ！」

正気付いた郁海が慌《あわ》てたときにはもう遅《おそ》かった。一度狭《せば》まった輪は鍵がなくては絶対に広がったりしない。

狼狽《ろうばい》ぶりが笑みを誘《さそ》う。ただ手錠をかけただけなのに泣きそうな顔までするのは、ホテルで抱いたときの言葉を忘れてはいないからだろう。

手錠でどこかに繋《つな》がれてされてしまうのを嫌《いや》がっているのだ。

郁海が自分の手首に気を取られている隙《すき》にソファに押し倒《たお》すと、はっと息を飲むのが聞こえた。

「だめです！　明日、学校あるし……っ」

「いい子にしていれば外してあげるよ」

耳元で囁《ささや》き、優《やさ》しく首にキスをすると、郁海は少し潤《うる》んだ瞳で加賀見を見上げ、本当なのかと尋《たず》ねてくる。

こんな目で見るからいけない。

うんと可愛がって、そしていじめてしまいたくなる。

「病《や》み上がりってことになってるんだから、信憑性《しんぴょうせい》を持たせないとね」

「え……？」

「少しばかりふらついていたほうが、それらしいだろう？　ゆうべと同じくらい、してあげようね」

「や、だ……死んじゃうっ……」

可愛らしいことを言う唇《くちびる》に、ちょんとキスを落とす。

いつ外してやろうかと思いながら、加賀見はそのままキスを深くしていった。

あとがき

こんにちは。きたざわ尋子《じんこ》です。

大人げない大人というのが昔から大好きで、私の場合、そうじゃない大人キャラのほうが珍《めずら》しいです。当然のことながら、加賀見《かがみ》も相当大人げないです。

そしてダメな人とか、弱った人とかも好きなので、父・田中《たなか》も実に楽しく書いてました。大人げない上に、とってもダメな人なので（笑）。

郁海《いくみ》には、周囲の大人たちに感化されずきちんとした常識人への道を歩ませたいと思っております。

ところで、前回の本を読んだお友達に「楽しそう（えっちが）」とか言われました。そんなに楽しそうでしたでしょうか……？　あまり自覚がなかったので、ちょっと焦《あせ》ってしまいました。

でもまぁ、三十過ぎた男が、ピッチピチの若ーい恋人《こいびと》を手に入れたわけなので、そりゃー嬉《うれ》しくって仕方ないのでは……と自分に言い聞かせてみました。

さてさて、楽しみなのはイラストです！　佐々成美《さつさなるみ》様の描《か》かれる、タラシっぽくてカッコイイ加賀見と、柔《やわ》らかそうで美味《おい》し……いえ、可愛《かわい》い郁海に心臓を鷲摑《わしづか》まれてます（こういうことを口走っているから、親父《おやじ》趣味《しゅみ》だとか何だとか言われてしまうのかな……）。いたいけな感じがたまらんですよね。前回の手首きゅっ……も、見た瞬間《しゅんかん》に「はうっ」とやられてしまいましたが、今回も素晴《すば》らしいです。担当さんからいただいた表紙のラフにコンセプト……というか、何というか……要するに「身体《からだ》で拘束《こうそく》」みたいな感じのことが書かれていて、なるほどと言いつつニヤニヤしてしまいました。

ステキです。いつも素晴らしい策（案？）を練ってくださってありがとうございます。

そして、読んでくださいました皆様《みなさま》、どうもありがとうございました。

次回もよろしくお願いいたします。

きたざわ　尋子

KADOKAWA
RUBY BUNKO

身勝手《みがつて》な爪《つめ》あと

きたざわ尋子《じんこ》

角川ルビー文庫 R80-2 12519

平成14年7月1日 初版発行
平成14年8月30日 再版発行

発行者——井上伸一郎
発行所——株式会社角川書店
東京都千代田区富士見2-13-3
電話/編集部(03)3238-8697
営業部(03)3238-8521
〒102-8177 振替00130-9-195208
印刷所——旭印刷 製本所——コオトブックライン
装幀者——鈴木洋介

本書の無断複写・複製・転載を禁じます。
落丁・乱丁本はご面倒でも小社営業部受注センター読者係にお送りください。
送料は小社負担でお取り替えいたします。

ISBN4-04-446202-X C0193 定価はカバーに明記してあります。

©Jinko KITAZAWA 2002 Printed in Japan

KADOKAWA RUBY BUNKO

角川ルビー文庫

いつも「ルビー文庫」を
ご愛読いただきありがとうございます。
今回の作品はいかがでしたか?
ぜひ、ご感想をお寄せください。

〈ファンレターのあて先〉

〒102-8177 東京都千代田区富士見2-13-3
角川書店 アニメ・コミック編集部気付
「きたざわ尋子先生」係

ルビー文庫
きたざわ尋子
——いい子にしてろと言っただろう？
郁海が弁護士の加賀見に強引に連れて
行かれたのは、山奥の別荘で……!?
身勝手なくちづけ
MIGATTENA KUCHIDUKE
イラスト／佐々成美

第4回

角川ルビー小説賞原稿大募集

大賞　正賞のトロフィーならびに副賞の100万円と応募原稿出版時の印税

【募集作品】
男の子同士の恋愛をテーマにした作品で、明るくさわやかなもの。
ただし、未発表のものに限ります。受賞作はルビー文庫で刊行いたします。

【応募資格】
男女、年齢は問いませんが商業誌デビューしていない新人に限ります。

【原稿枚数】
400字詰め原稿用紙、200枚以上300枚以内

【応募締切】
2003年3月31日（当日消印有効）

【発表】
2003年9月（予定）

【審査員】（敬称略、順不同）
吉原理恵子、斑鳩サハラ、沖麻実也

【応募の際の注意事項】
規定違反の作品は審査の対象となりません。

■原稿のはじめに表紙を付けて、以下の2項目を記入してください。
①　作品タイトル（フリガナ）
②　ペンネーム（フリガナ）

■1200文字程度（原稿用紙3枚）の梗概を添付してください。

■梗概の次のページに以下の7項目を記入してください。
①　作品タイトル（フリガナ）
②　ペンネーム（フリガナ）
③　氏名（フリガナ）
④　郵便番号、住所（フリガナ）
⑤　電話番号、メールアドレス
⑥　年齢
⑦　略歴

■原稿には通し番号を入れ、右上をひもでとじてください。
（選考中に原稿のコピーを取るので、ホチキスなどの外しにくいとじ方は絶対にしないでください）

■鉛筆書きは不可。

■ワープロ原稿可。1枚に20字×20行（縦書）の仕様にすること。ただし、400字詰め原稿用紙にワープロ印刷は不可。感熱紙は字が読めなくなるので使用しないこと。

・同じ作品による他の文学賞の二重応募は認められません。
・入選作の出版権、映像権、その他一切の権利は角川書店に帰属します。
・応募原稿は返却いたしません。必要な方はコピーを取ってからご応募ください。

原稿の送り先
〒102-8078　東京都千代田区富士見2-13-3
（株）角川書店アニメ・コミック事業部「角川ルビー小説賞」係